PESADILLAS
AL MEDIODÍA

PESADILLAS AL MEDIODÍA

CECILIA EUDAVE

Respete el derecho de autor.
No fotocopie esta obra.
CeMPro

Teléfono: 1946-0620
Fax: 1946-0655
e-mail: a_literatura@editorialprogreso.com.mx
e-mail: servicioalcliente@editorialprogreso.com.mx

PESADILLAS AL MEDIODÍA

ISBN: 978-970-641-825-8 (serie completa)
ISBN: 978-607-456-237-8

Derechos reservados:
© 2010 Cecilia Eudave (Autora)
© 2010 Enrique Torralba (Ilustrador)
© 2010 Editorial Progreso, S.A. de C.V.
    Naranjo No. 248, Col. Santa María la Ribera
    Delegación Cuauhtémoc,
    C.P. 06400, México, D.F.

1ª Edición: 2010

Desarrollo editorial: Víctor Guzmán Zúñiga
Dirección editorial: Eva Gardenal
Editora: Arianna Squilloni
Diseño: Jennifer Carná (Thule Ediciones)
Revisor editorial: Ariel Hernández Sánchez

Progreso y el logotipo son marcas registradas
por Editorial Progreso, S.A. de C.V.

Miembro en la Cámara Nacional de la Industria Editorial Mexicana
Registro No. 232

Impreso en México
Printed in Mexico

Se terminó la impresión de esta obra en junio de 2010 en los talleres de Editorial Progreso, S.A. de C.V., Naranjo No. 248, Col. Santa María la Ribera, Delegación Cuauhtémoc, C.P. 06400, México, D.F.

PROGRESO
EDITORIAL ®

A Rosalba Campra

1

—¿Es algo perverso? No lo sé. Me inquieta, eso sí, y me ha destrozado los nervios.

—Si fuera más específico.

—Mmm... ¿Específico en qué sentido?

—En la escena, en lo relacionado a sus sensaciones. Por ejemplo, cuando está frente a esa aparición que le parece...

—Siniestra, tampoco sería la palabra.

Julia se sorprendió de que la anticipara robándole ese posible adjetivo. Entonces el sujeto se movió un poco de su asiento, era la primera vez que lo hacía, pues durante la sesión permaneció muy quieto. Quizá no fue exactamente un movimiento, más bien un desplazamiento, como si estuviera más cerca de la doctora, o en todo caso ella lo sintiera más próximo. El hombre notó su incomodidad, pudo percibir que reconocía, de algún modo que él invadía su espacio personal, a pesar de estar el escritorio de por medio.

—Eso, Julia, eso que tú sientes en este momento es precisamente lo que me provoca ese chico al observarme. Cuando se acerca sigiloso y me sorprende en cualquier lado, haciendo lo mío. Y eso es imposible, pues él no debería estar ahí, él no debería existir ahí, en esa silla, siempre en esa silla, mirándome detenidamente. Sofocándome con esos ojos gigantescos, apresando cualquier imagen, la que sea. Y me agota, me vacía. Así lo percibo, y mira que yo sé percibir, yo trabajo con ese lenguaje, yo soy pura intuición, a veces hasta premonición. Yo puedo ser muchas cosas, lo que quiera, Julia, lo que quiera...

Calló un instante. Movió la cabeza con algo de enfado:

—Loco no, Julia, eso no. Quizá tenga otra lógica pero...

Ella se sintió un poco avergonzada, y no sabía por qué. Le pareció que él leía sus pensamientos de una forma poco usual, pues ella aún no se formulaba una impresión sobre lo dicho y no solo ya era juzgada, sino además acertadamente. Ese personaje egocéntrico y con cierto toque de paranoia justo había anticipado de nuevo un juicio repentino, que en todo caso nunca ella le diría así a nadie de ese modo: "Oiga, usted, es un loco, un paranoico con delirios de persecución. O en todo caso y, no es menos alarmante, un esquizoide que ve niños acechándolo".

8

—Que no me acecha, Julia, la palabra más próxima sería... hostiga. Yo sé qué busca, pero no puedo ayudarlo. Además, tiene la impresión de que lo he abandonado. He intentado comunicarme con él sabiendo que no debo hacerlo... Siento tanta pena por él. La última vez, disimuladamente fingí que hacía lo mío y me fui acercando suavemente, casi como una sombra que se alarga por efecto del sol, así de a poquito, para decirle: "Yo no tengo lo que buscas y si lo tuviera no podría dártelo". Él estaba recargado en la pared viéndome y, cuando mi sombra estuvo a punto de tocarlo, él abrió su mano como queriendo detener mi avance. Pude ver que tenía tatuada una mariposa en la palma. Sí una mariposa con un aleteo inconstante entre las líneas de aquel pequeño ser. No preguntes qué tipo de mariposa era, no lo sé, fue algo fugaz, casi inaprensible. Pero puedo asegurarlo, era una mariposa y no otra cosa. Yo, aunque eche un vistazo solamente sobre algo, sé qué es o qué pretende ser. Pero ahora... ¿he perdido el toque?

—Tienes miedo.

—¿Miedo? Quién lo diría, yo tengo miedo... ¿Tú a veces tienes miedo? ¿Te has preguntado si has perdido el toque, tus habilidades?

—No estamos hablando de mí.

—A veces cuando hablamos con los otros en realidad hablamos con nosotros mismos.

—No nos desviemos del tema. Lo que me inquieta es: ¿por qué él chico cree que lo has abandonado? ¿Será por eso que te... hostiga?

—Ves, ya comienzas a utilizar la palabra adecuada. Eso debes recordarlo bien, la palabra justa es siempre la clave de todo... y más ahora.

La doctora Dench lo observó fijamente con un poco de recelo. La poca luz que exigía aquella conversación la perturbaba pero, sobre todo, tenía la sensación de estar hablando con aquel hombre desde hacía un largo rato. Quiso chequear la hora pero no encontró su reloj pulsera. Luego, como llevada por la necesidad de encontrarlo, recorrió su escritorio. El hombre que la miraba de manera penetrante se atrevió a decir:

—Ya estás por despertar, Julia. Y tu reloj pulsera no lo has perdido, está en la mesita de noche.

Al escuchar aquello, experimentó una sacudida que la lanzó de ahí y la hizo caer, y caer en picada a un enorme vacío negro, a una hondonada silenciosa y angustiante. Era ella la que se aproximaba al fin de

esa caída prolongada injustamente, que la hacía sentir una asfixia aterradora. Era ella y no otra la que sin poder aferrarse a nada se desplomaba... Despertó. Tragó saliva con dificultad después de incorporarse. Buscó el vaso con agua en su mesita de noche y al hacerlo el reloj pulsera cayó al suelo. Encendió la lámpara y con un sobresalto lo recogió y miró la hora: tres treinta y tres de la mañana. Un sudor frío terminó por empaparle no sólo el cuerpo sino los pensamientos. Tomó la libreta y el lápiz, comenzó a escribir, casi frenéticamente, lo que recordaba del sueño. En realidad se sorprendió de recordar cada detalle incluso ahora con mayor nitidez. Tenía varias noches soñando a aquel ser medio turbio y angustiado que cada vez arrojaba un nuevo dato del niño que lo asechaba, no, que lo hostigaba, y corrigió rápido ese detalle.

Se levantó, fue al baño a mojarse la cara, a mirarse en el espejo. Se cambió la pijama y volvió a la cama. Ya no habría más sobresaltos, ese sujeto no volvería a sus sueños sino hasta la próxima semana: el mismo día y a la misma ahora como si tuviera una cita ineludible y pactada en lo más profundo de su inconsciente. Sonrió y con algo de ironía se dijo en voz alta.

—Hasta el próximo martes.

2

Mientras tomaba su té de la mañana y repasaba algunas notas para su clase en la universidad, la doctora Dench se sintió observada. Sacudió la cabeza sonriendo al tiempo que instintivamente recorría la pequeña estancia buscando. ¿Buscando qué o a quién? Si ahí no había nada. Se encontró molesta, dejó las notas de lado para abrir un poco la ventana y asomarse a ver clarear el día. Respiró hondo y volvió a sus anotaciones. Sonó entonces el teléfono. Esto sorprendió a Julia sobre todo por la hora, nadie suele llamarla tan temprano y menos a su casa. Algo en su interior le decía que no debía contestar, pero la posibilidad de algún asunto urgente, tal vez la cancelación de la clase o algún contratiempo de su asistente, la hizo reflexionar. Por fin, con ¿temor? –pero, ¿por qué con temor?– descolgó el auricular:

—¿Sí?

Se escuchó un silencio atroz del otro lado y luego una voz que le parecía familiar:

—Debiste contestar antes... Se me acabó el tiempo... ya viene, tengo que colgar.

Dench quedó con el aliento detenido y con la bocina pegada al oído intentado escuchar qué pasaba del otro lado del teléfono: sólo un silencio agudo, sí, de esos que aunque no se perciban emiten una vibración poderosa y provocan un ligero escalofrío en la espalda. La doctora, como si estuviera dentro de una película, se vio dejando el teléfono de lado porque sintió detrás de sí una presencia, la misma de unos minutos antes. Se volteó lo más rápido que pudo... Despertó.

Las hojas de sus notas para la clase regadas por el piso, la ventana abierta dejando entrar un ligero viento; se llevó una mano a los ojos y retiró los lentes para darse un masaje en las sienes. Se puso en pie. Verificó la hora:

—¡Por Dios, qué tarde es! Me he quedado dormida. ¿Otra vez?

Con prisa buscó su portafolios y su bolso, luego sacó las llaves de él. Si se apuraba llegaría con un retraso de diez minutos, quizá quince si había tráfico. Y justo cuando estaba a punto de salir notó que llevaba aún la pijama puesta. Dejó caer el portafolios y fue a sentarse. Volvió a sonar el teléfono. Dudó en contestar pese a la insistencia. El timbre repercutía por toda la casa, la estremecía. Por fin dejó de sonar. Julia fue directo a la regadera, necesitaba darse un baño y despejar cualquier signo de sueño, de modorra. Debía tranquilizarse, tal vez eran los nervios de regresar a dar clases después de tanto tiempo, eso debía ser. Mira que soñar despierta... Estaba por subir las escaleras cuando volvió a sonar el maldito aparato. Julia, perdiendo la paciencia, sin demorar más se apresuró a contestar:

—No estoy para juegos, ¿qué pasa? ¿Estoy despierta o dormida? Vamos de una vez... decídete, no quiero llegar tarde al trabajo.

—Julia...

La voz era apenas imperceptible. Pero la angustia le caló los oídos como si fuera un grito.

—¿Quién es? ¿Qué quiere?

—Julia...

Y notó cómo la señal se hacía más débil.

—No hay buena recepción, ¿quién habla?

—Irá a verte... hoy o mañana, en una semana, pero irá...

—¿Quién?

—Desconfía... ya viene...

Sin mayores explicaciones dejó de escucharse aquel susurro y en su lugar se escuchó el sonido de ocupado de la línea. La doctora quedó unos segundos con el auricular en la mano. Miró la habitación, su cama desecha como si acabara de levantarse, la regadera abierta y el vapor colándose en la recámara. Bajó corriendo las escaleras y notó la ventana abierta, el té y sus notas regadas por el piso.

Esperó sentada en el sillón de la estancia a que pasara la modorra. Luego volvió a su cuarto. Se lavó la cara y al mirarse al espejo se dijo sin más miramientos:

—Hoy mismo tengo que ver de dónde me viene todo esto.

3

Recorrió con lentitud los pasillos que la conducían al cubículo de la profesora Alba. Un poco de incomodidad le venía a momentos, generalmente ella sabía cómo controlar sus sueños, sus asuntos. "Siempre es bueno otro punto de vista", se dijo, mientras continuaba tratando de localizar el despacho. Estaba totalmente perdida, nadie a quien preguntar. Por fin dio con él, después de varias vueltas en círculos y de pasar por ahí al menos un par de veces. Sin duda esto del sueño recurrente la tenía completamente distraída.

Con timidez tocó. En verdad no quería comprometerla ni agobiarla con su situación. Pero por primera vez en mucho tiempo no encontraba explicaciones, quizá era el cansancio, pues pese a dormir no lograba recuperarse del todo. La puerta se abrió repentinamente y Alba le dijo:

—Espérame un par de minutos estoy por terminar una sesión.

—No hay problema.

Dejó entreabierta la puerta y Julia pudo observar a un adolescente taciturno del cual su amiga se despedía. El chico estaba de espaldas así que no le pudo ver el rostro, sólo la actitud: cabizbajo y con mucho desanimo. Una mala calificación, supuso, pero era demasiado joven para estar en la universidad. Avergonzada de notarse espiando, desvió la vista y se encontró con un colega que quiso evitarla. Se sonrió, seguro fue de los que votó en contra de su candidatura para volver a la academia. Pero afortunadamente todavía le quedaban buenos amigos en el medio, entre ellos Alba, que pelearon por volver a integrarla a la plantilla universitaria. En eso estaba cuando el chico pasó de largo junto a ella, lamentó estar distraída y no poder verle la cara. Sin saber por qué, le preocupó la actitud del jovencito.

—Disculpa, Julia, una asesoría. Pasa. Tu clase... ¿va bien?

—Sí, me encanta. Hoy no pude llegar a tiempo, me quedé dormida o eso creo.

—Estarás bajo mucho estrés. Volver a la academia es abrumador...

—No, no es eso Alba. No sé qué trastorno traigo con esto de los sueños. Al principio eran sólo los martes que se aparecía ese sujeto advirtiéndome la inminente llegada de un acontecimiento incomprensible y absurdo, "ese algo o alguien se aproxima". Te acuerdas que te conté.

—Sí, algo recuerdo. Siéntate, ponte cómoda.

Dench tomó asiento sin interrumpir su relato:

—Yo pensé que era un sueño recurrente, ya sabes, de esos que se instalan en tu cabeza y no te dejan en paz hasta que has solucionado el problema o la situación que te angustia. De los que no se van con el "barrido cerebral" que se supone nos asea la cabeza. Tampoco me parece un "sueño pedagógico" pues ahora no estoy llevando ningún caso que me tenga consternada...

—Veo que ya hiciste todo un análisis de lo que te sucede.

—Disculpa, es que me apena molestarte.

Alba la miró con cariño y retomó la conversación:

—¿Y si fuera producto de una dimensión superior y no de lo más profundo de tu conciencia?

Dench se sorprendió, esa pregunta no podría venir de Alba:

19

—¿De verdad crees eso?, ¿que un ser superior me está advirtiendo de algo a través de mis sueños?

Pensando que tal vez aquella pregunta hubiese herido a Julia, que posiblemente en el estado de ansiedad en el que se encontraba no apreció su seriedad, Alba se apresuró a decir:

—No, la verdad no. Pero pensé...

Un pequeña desilusión se coló al rostro de Julia.

—Alba, no todo lo que me sucede pasa por el crisol de lo extraordinario. Creo que fue una mala idea venir.

La profesora se arrepintió de haber provocado en la doctora un estado de ansiedad y tristeza. Lo último que hubiese querido fue lo que provocó: decepcionar a su amiga.

—Comencemos de nuevo. Disculpa mi torpeza, hace mucho que me dedico a la academia, generalizo todo y... a veces lo particular no logro identificarlo. Si todavía quieres, cuéntame.

Tratando de ser concisa Dench relató los acontecimientos de las últimas semanas: el sujeto que la acosaba y entre sueños le hablaba de un niño

20

que lo "hostiga" (porque esa fue la palabra que ese ser había utilizado). Ella se acostumbró a soñarlo, restándole importancia, pues al principio sólo aparecía los martes, como si ella le diera una "consulta". Cuando lo dijo se rió por la "deformación profesional llevada al límite"; por ello, quizá lo asoció a un sueño recurrente, uno de los que no desaparecen hasta que uno libera esa tensión, hasta que uno descubre la respuesta del problema. ¿Cuál problema? Por más que buscó alguna cosa que la perturbara en su vida cotidiana no encontró nada, ni nadie. En fin, anoche todo cambió. No era martes y no sólo eso, sino que por primera vez en su vida no supo diferenciar la realidad de lo onírico. Se tropezó varias veces con la confusión y se dejó arrastrar por ella.

—¿Has pensado en la posibilidad de que sean sueños lúcidos?

—Sí, lo pensé, pero yo no tengo conciencia de estar soñando. No me doy cuenta de ello, para mí es tan real. Si fuera un sueño lúcido podría manipularlo, podría controlarlo...

Alba se levantó, y con una mirada de introspección dio un par de vueltas por su cubículo.

—Julia, no todos los sueños lúcidos, de entrada se reconocen como tales. Muchas veces estamos tan concentrados en el sueño mismo... ¿cómo te explico? Indagándolo, que nos perdemos en la conciencia misma de lo onírico. Entonces experimentamos un "falso despertar" y en lugar de estar conscientes de que es un sueño, sueñas que estás despierta dentro del propio sueño. A veces el falso despertar es tan real que el soñante se viste, desayuna y va a trabajar como si estuviera insertado en la realidad.

La doctora Dench no había tomado en cuenta esa posibilidad.

—Y... ¿cómo puedo eliminar estos sueños lúcidos, este falso despertar?

—Eres muy afortunada, poca gente tiene sueños de esta clase. Algunos los consideran hasta inspiradores y andan en su búsqueda. ¿En verdad quieres eliminarlos?

—¿Se pueden suprimir?

—Depende de ti.

—Lo que me faltaba: "sueños lúcidos", como si no fuera suficiente. Con lo que ya piensan muchos colegas de mí.

La profesora notó la tristeza, el hastío de una situación que comenzaba a llevar a la doctora al desencanto y la consternación.

—Tú y yo estamos más hermanadas de lo que imaginas. Nada más que los sueños son ahora tratados con menos dureza que antes porque se cree que son manifestaciones neuronales y por lo tanto se tratan como desórdenes neuroquímicos. Pero la verdad, es que hay mucho más en ellos de lo que nosotros podemos comprender... de lo que podemos explicar. Nos llevan incluso a pensar que todo es una caja –y aquí Julia notó también un profundo abatimiento en su amiga–... Cuando te hablé de una instancia superior que tal vez se comunicaba contigo no lo hice con ánimos de ofender. Lo dije como una posibilidad, hay mucho en la comunicación onírica que no parte sólo de nosotros mismos. Pero no voy a aturdirte con mis nuevas investigaciones... ¿Te puedo ofrecer un café? Té no tengo, así que no pongas esa cara.

Julia sonrió. Alba retomó la conversación.

—Quizá necesitas mantenerte ocupada, ya verás que esos sueños desaparecerán poco a poco. Intenta no pensar en ellos, evádelos, prográmate para no soñarlos. Tienes mucho poder de persuasión. Trabaja con la autosugestión...

—¿Será suficiente?

—Estás estresada, la vuelta a la academia te tiene así. Dime, ¿estás trabajando en algún caso?

—No, por el momento solo las clases.

—¿Te gustaría ayudarme en uno que tengo ahora?

—Tú, ¿en la práctica privada?

—En realidad lo tomé porque es el sobrino de una amiga cercana.

—¿Qué le pasa al chico?

—Al principio creí que eran "terrores nocturnos". Pero el chico recuerda perfectamente lo que sueña y, aunque sufre —ya que despierta gritando en medio de la noche, empapado en sudor, lleno de escalofríos, con los ojos desorbitados y aún con secuelas de la pesadilla—, quiere seguir soñando... Mi amiga no sabe qué hacer. El chico come poco, va mal en la escuela, quiere dormir todo el día, se ve desmejorado...

Dench inmediatamente asoció esta descripción al adolescente que hacia un rato estaba ahí con su amiga:

—¿Ha pasado por alguna situación traumática?

—Su madre murió hace un año.

—¿Cómo murió?

—Se dejó morir.

4

A pesar de que estaba cansada, la idea de volver a internarse en el sueño le daba un ligero temor. Se sacudió la cabeza pensando en lo infantil de sus acciones. Quizá estaba agotada y veía con menos objetividad incluso lo que le sucedía. No sentía las ganas ni la excitación de antes cuando algún caso con posibilidades de tornarse "poco ortodoxo" caía en sus manos. Sin querer introducirse en sus cavilaciones personales por miedo a descubrir un hastío nada natural en ella, tomó el expediente del chico. Miró de reojo su reloj y pactando no más de una hora de trabajo abrió la carpeta.

Primero lo hojeó en su totalidad para darse una idea de cuántas sesiones habían sostenido, de la duración de las mismas, de los métodos empleados, del inicio del problema entre otras generalidades. Descubrió lo escrupulosa y ordenada que era Alba, pues había recolectado cualquier señal o indicio que le pareciera significativo. El trabajo era impecable pero sin veredicto, sin soluciones, sin respuestas.

Repasando el contexto de las evaluaciones y algunas otras observaciones de orden médico –decidió no prestarles mucha atención–, se centró en las últimas anotaciones de Alba que demostraban ya otro tono, un interés diferente y menos dogmático sobre el caso. Incluso a estas consideraciones las había agrupado bajo el título de *Notas fronterizas*. ¿Qué intentaría decir o decirse con fronterizo? ¿Cuál frontera encontró mientras buscaba evidencias, mientras acumulaba datos para resolver el conflicto del chico? O ¿quién o qué surgió de entre los datos y la certezas para evidenciarle otra posibilidad, otra realidad quizá alterna? Todas estas preguntas la revitalizaron, salió de la cama y se instaló en su sillón, buscó su marcador y se dispuso a leer:

Primera nota fronteriza

Nicolás sigue viniendo con cierta reticencia. En la última sesión lo noté más ansioso que de costumbre. No dejaba de mirar al suelo y se estremecía ligeramente. Duramos un rato en silencio para no forzarlo, él hablaría cuando estuviera listo. Mientras lo observaba, confirmé que su problema no eran los *terrores nocturnos*, algo que hubiese podido tratar fácilmente. Pero Nicolás no presentaba los síntomas e Irene se lo había confirmado. El chico puede quedarse dormido a cualquier hora del día e invariablemente cuando se despierta lo hace agitado, con los ojos fijos en un punto de la habitación y completamente frío. No llora, no parece estar aterrado, sino quizá "consternado". Esto me intrigó, pues indica que Nicolás no siente ningún alivio al despertarse sino por el contrario una gran pena, un entristecimiento sordo y agotador. "Quiero regresar al sueño, pero ya no puedo, él no me deja..."

Cuando le pregunté a Nicolás quién no le permitía dormir, se limitó a levantar los hombros y a mirar de nuevo el suelo. No me he ganado su confianza, no logro entrar en su cabeza y el insomnio lo está consumiendo poco a poco. He comparado las gráficas de los últimos meses, existe una disminución de su capacidad para reaccionar y su cerebro se ve muy alterado. Sin contar con el aspecto físico cada vez más débil y fragilizado. Las ojeras se han pronunciado de manera alarmante y ha perdido mucho peso. He intentado asumir una postura de alejamiento, mirar objetivamente el caso, pero cuando Nicolás me observa con esos ojos apagados, pareciera que veo un horror diferente al acostumbrado, un terror ciego que se oculta en alguna parte de ese chico, o que lo posee. Un sobresalto me invade como si el pavor no lo sintiera él sino que lo emanara. A momentos tengo miedo, no de Nicolás sino de lo que pareciera ocultar u ocultarse en él.

Luego retiro esa idea absurda y me concentro en las investigaciones que se han hecho de casos semejantes... No las hay o no tengo noticias de ellas. Repaso mis anotaciones, intento terapias nuevas, incluso he sugerido una dieta novedosa baja en grasas y algunos complementos nutricionales para ver si el problema no se desprende de un desorden gástrico. Aunque en el fondo sé que nada de eso es válido...

Nicolás por fin, en una sesión, salió de su letargo y accedió a contarme la última variante del sueño; yo me dispuse a ser lo más abierta posible. Incluso ahora transcribo fielmente lo más relevante de su narración, quizá con la esperanza de que cuando retome la lectura de estas notas al margen pueda aclararme las ideas:

Siempre se molesta porque estoy tras él. No hemos podido hablar, huye de mí como si yo fuera el monstruo. Bueno él tampoco lo es, se parece a nosotros, igual o por lo menos así lo veo en mis sueños. Va de un lado a otro, a veces está en lo oscuro y es ahí donde me cuesta más trabajo mirarlo, otras veces hay tanta luz que me ciega, pero de alguna forma puedo seguirlo. A momentos se sienta y yo también busco donde hacerlo para no quitarle los ojos de encima. Es cuando nos miramos a los ojos a ver quien vence a quien. Yo le gano...

Al decir esto sonrió ligeramente. Noté cierto sadismo, cierto orgullo al decirlo. Hasta aquí todo el sueño era igual al que me contó la primera vez, salvo los escenarios.

Fue cuando pasó. Salió de entre la oscuridad el otro y me regaló una mariposa que se me estampó en el cuerpo. Sentí su aleteo en la espalda y pensé que me estaba entumiendo, pues a veces me voy a la cama muy temprano o permanezco en ella por mucho tiempo buscando dormirme...

Esto fue significativo, Nicolás no era del todo sincero conmigo, él sabía que era consciente de que soñaba y de que podía controlar sus sueños. ¿Sueños lúcidos? Surgía esa posibilidad como una breve esperanza de curación y ahora introducía de manera clara a otro sujeto onírico.

Intenté rascarme la espalda y me sacudí, fue cuando sentí que la mariposa se desplazaba y se posaba en el brazo. Es muy linda, ¿sabe? Igual a la que mi mamá tenía en el pecho a la altura del corazón. Esta es más grande, la de mi mamá era más chiquita y de colores, la mía es negra. Pero no crea que por eso es fea, tiene tantos detalles en las alas, y cambian, pues cuando se pasó al otro brazo, vi que en vez de líneas ahora tenía dos enormes ojos. Me gusta mi mariposa. No sé cuanto tiempo estuve jugando con ella, mientras iba de un lado para otro de mi cuerpo. Cuando estuvo en mi mano la cerré para atraparla... Pero no se deja agarrar. Se me escurrió de entre los dedos y se ocultó bajo una de mis axilas y así yo iba tras ella y escapaba, una y otra vez, hasta que me cansé y me desperté...

Era la primera vez que el sueño cambiaba su desenlace. En las variantes anteriores, Nicolás veía aproximarse al ser que él perseguía y justo cuando éste lo iba a tomar por los hombros, o por los pies o por cualquier parte, el chico despertaba sobresaltado y ya no volvía a dormir. Esto siempre me ha confundido, pues Nico quiere hablarle a ese ser y aun así cuando parece que va a conseguirlo se despierta...

—¿Por qué no quieres enfrentarlo? ¿Por qué no le hablas o dejas que te hable?

—Porque no es el mismo al que sigo. Éste es otro... él me dio la mariposa...

—¿Hay otro? ¿No es el mismo?

—Siempre ha habido otro. Por el que despierto...

—Nico, debes ser totalmente abierto conmigo si quieres que te ayude, si no me cuentas las cosas como son no puedo saber qué está pasando en tu cabeza...

—Habla como mi tía. Se enoja como ella. Mi mamá me creería, ella me dejaría seguir soñando... En cambio mi tía cree que soy un holgazán: "No seas perezoso", me grita todo el tiempo, o "Lo que necesitas es ocuparte", "Anímate, hoy hace un día estupendo, no seas flojo". Ella también creía que mi mamá era una perezosa... pero no era verdad, ella simplemente ya no podía tener ganas de nada, él le robó las ganas de vivir...

—Bien sabes que tu mamá no estaba bien. Vamos... ya estás grandecito, sabes que ella tenía problemas con su manera de ver el mundo y de relacionarse... E Irene se preocupa por ti, no seas tan injusto con ella...

—Ya no quiero hablar más. ¿Puedo irme?

—*Si prometes describirme al otro ser. Si me dices*
qué significa para ti la mariposa.

—*No sé que quiere decir con "significa para mí".*
La mariposa me gusta, me siento bien cuando la tengo
y me encanta seguirla. Y al otro ser no puedo descri-
birlo.

—*¿Por qué?*

—*Porque a ese no lo veo. Sólo lo siento.*

Decidí parar aquí la consulta y le permití irse. Algo
poco usual en mí. Sin embargo, le comenté a Irene que
necesitaba verlo a finales de esta semana y no los martes únicamente.

La doctora Dench cerró el expediente de Nicolás y suspiró. ¿Otra coincidencia? ¿No será que ella
estaba asociándolo así porque también sueña con
un ser que la acosa? ¿No será una proyección de sí
sobre ese expediente? Y luego algo la aturdió más.
¿No será qué ese alguien o ese algo es precisamente
este caso?

5

Se despertó sorprendida de no haber soñado nada. Incluso esa "nada" la sobresaltó. Se duchó de inmediato para despejarse. Era fin de semana y tendría todo el tiempo para ella y para terminar de hacerse una idea sobre el caso de Nicolás. Sin presiones de ningún tipo, dejó que el agua cayera apacible sobre su cabeza mojando sus ideas y entibiando su razón. Sonó el teléfono. De pronto todo su cuerpo se paralizó recordando que quizá ella estaba teniendo uno de esos episodios de "falso despertar". Tomó la toalla y con cierto quebranto fue a contestar:

—¿Sí?

—Julia, buenos días, ¿te he despertado?

—¿Alba?

—Sí...

—¿Qué pasa?

—Es Nicolás...

—...

—Irene me ha llamado, tiene más de setenta y dos horas dormido.

—¿Le recetaste algún medicamento?

—¡Cómo crees Julia, es un chico!

—¿Él tomó algo por su cuenta?

—No creo, mi amiga no tiene nada para esas cosas… Cuando me llamó y me dijo que Nico no había despertado en toda la noche, suspiramos aliviadas pensando que había pasado de manera personal esa etapa de duelo por la madre, complicada además por los cambios que provoca la adolescencia. Le sugerí que lo dejara dormir. El cuerpo sabe cuando desconectarse y hay casos de gente que duerme hasta por tres días, son casos extremos, pero luego se levantan como si nada. Llenos de vigor y con todas sus funciones renovadas… De cualquier forma le pedí a un colega que me facilitara un medidor de estado REM para monitorearlo desde casa y así comprobar que su cerebro marchara normal.

—¿Lo hace?

—Por supuesto, Julia. No descubrí ningún indicio de que este cuadro sea un derrame cerebral o un coma. El chico está dormido.

—Entonces, ¿cuál es tu angustia? Dejemos que despierte de manera espontánea.

—El problema es que tiene ya veinticuatro

horas en estado REM, es decir que no para de soñar y eso está afectando su cabeza.

—Eso es imposible.

—¿Crees que no lo sé?

—¿Ya verificaste que efectivamente están sus ojos moviéndose rápido y sin parar?

—Sí, Julia, el chico no abandona la fase del sueño.

—Tus colegas, ¿qué dicen? ¿Qué sugieren?

—No tienen ni idea. Yo estoy igual, no podemos despertarlo en esa fase, las consecuencias serían terribles. Lo he trasladado a la clínica de un amigo que atiende desórdenes oníricos, voy a ir para hacerle algunos exámenes y me gustaría que me dieras tu opinión. ¿Has terminado el expediente?

—No, anoche apenas lo comencé.

—…

—Alba, me gustaría ver al chico, pero necesito terminar con tus notas.

Esto último lo pronunció con algo de irritación.

—Entiendo… ¿Cuándo podrías venir?

—Posiblemente mañana y ahí charlamos, ¿te parece?

—Muy bien. Aquí estaré.

—Bueno, estamos en contacto...

—¿Julia?

—¿Qué?

—Gracias.

Cuando colgó, la doctora Dench sintió que había sido muy injusta con su amiga, con la situación, con todo. Debió mostrarse más afectiva y solícita. Pero en realidad había estado muy irritable, no sabía si por la falta de un sueño reparador pues estaba dejando que su problema interfiriera con terceras personas. Sin querer darle más vueltas a su mal humor, se preparó un desayuno ligero y ya más relajada volvió sobre el expediente de Nicolás. Obvió algunas notas fronterizas que iban sobre el mismo tenor de los desórdenes depresivos de la madre y los sueños lúcidos que Dench ya había descartado: si bien tiene conciencia de que sueña no puede manipularlos. Queda claro que el sujeto A (al que sigue Nico) no puede hacerlo hablar ni interactuar con él; y por supuesto está el sujeto B al cual no reconoce y al que teme, a este último tampoco puede manejarlo a su antojo pero hay una proximidad mayor, pues le regaló una mariposa.

Por otra parte el chico odia estar despierto, en el mundo de la vigilia no le va bien, tiene problemas en la escuela y ha quedado huérfano de una manera traumática. Revisó los papeles para asegurarse de quién había encontrado el cuerpo de su madre, fue él... Sintió un poco de pena imaginándolo ahí, inmóvil, frente al cuerpo inerte de su madre. ¿Qué habrá pensado? ¿Qué habrá visto? ¿Cuánto tiempo estuvo ahí?

Encontró la referencia donde Alba acotó que Nicolás no quiso hablar con ella ni con nadie de lo sucedido. Sólo Irene le comentó que cuando llegó, ya muy entrada la tarde a casa de su hermana, un poco alarmada por no tener noticias, encontró a Nico apretándole la mano con mucha fuerza, con toda su fuerza. Cuando fueron en busca del cadáver, les costó trabajo a los enfermeros de la ambulancia separarlos. Todo ese cuadro le parecía muy natural y acaso repetitivo salvo la frase que bien tuvo a anotar la profesora al final de su reporte: "No se la lleven, todavía no... se la va a comer... se la va a comer". Le tuvieron que aplicar un calmante y no pudo ni asistir al velorio de lo afectado que estaba por el suceso. Después comenzó con los sueños y con la falta de apetito por la vida.

Le dio una mordida a su manzana y se levantó a estirar las piernas. Se dejó llevar por una serie de cavilaciones que le hacían rebuscar entre sus ideas. Luego volvió al sillón y leyó otra de las notas al margen, una que le parecía particularmente acertada.

Quinta nota fronteriza

Hoy he avanzado más con Nico, quizá desde que dejé de lado los métodos más convencionales, desde que ya no lo someto a pruebas y a tests que lo agotan, me ve con menos recelo y hasta me ha sonreído. Contrario a mis reglas le pedí que la sesión la tuviéramos en el exterior y no en mi cubículo. Aceptó encantado e incluso percibí su relajación. Mientras caminamos por los jardines de la universidad su paso se hizo más ligero. Anoto fielmente la conversación que sostuvimos:

—*Odio los espacios cerrados, es como estar dentro de una caja. Y cuando estás ahí no puedes correr a ningún sitio.*

—*¿Así que te sientes encerrado?*

—*No, sólo cuando estoy despierto. Cuando sueño no hay espacios cerrados aunque esté dentro de una habitación o en una casa, no me siento así.*

—*¿Por qué?*

—*Por que a él no le gustan tampoco los espacios cerrados.*

—*¿Al que persigues o al que te despierta?*

Se me quedó mirando por primera vez con algo de asombro. Como si por fin nos estuviéramos comunicando de verdad.

—*Al que me despierta.*

—*¿Y ese sujeto tiene un nombre?*

—*No lo sé, nunca me lo ha dicho no hemos podido hablar.*

—*¿Por qué?*

Me observó con algo de desencanto.

—*Porque no se deja... o no me dejo...*

—*Podrías darle un nombre así te sería más familiar y...*

—*No...*

—*Está bien, no te enojes.*

—*No entiende nada. Todos, todo tiene un nombre desde que se inventó el mundo, y si nombramos mal alguna cosa, entonces pierde su valor, su sentido. Se vuelve invisible...*

—*¿Desaparece?*

—*No. Sigue sin entender. Invisible no es igual a desaparecer, cuando se es invisible nadie te ve, no estás ahí*

43

y estás al mismo tiempo, existes pero nadie te recono-
ce porque no te han nombrado correctamente, porque
no han dicho tu verdadero nombre... Si yo le doy un
nombre a él en mi sueño y no es el suyo, no lo veré
más, porque pensaré que es otro u otra cosa y enton-
ces nunca sabré quién es de verdad... Me torturará para
siempre...

—*¿Quién te dijo todo eso? Es algo complicado para*
un chico de tu edad.

—*Mi mamá. Ella creía que cuando se llama a las*
cosas por su nombre se revelan ante ti, te dejan que las
veas...

—*¿Y cuando no?*

Nicolás levantó los hombros y no quiso decir ya
nada. Caminamos un rato más en silencio. Él se limitó a
pisar las grietas del piso, a patear piedras por el camino,
a encerrarse en sí mismo. Quizá el chico no quería darse
cuenta de que estaba en una caja, hermética y delicada,
en cuyo interior había un respuesta para todo lo que le
sucedía, algo más allá del sueño, de las deformaciones
oníricas, de su negación de la realidad. Yo no sé cual es
la llave que abre ese encierro, pero de algo estoy segura
ahora, le he dado un nombre: *caja* y, aunque me parezca
extraño, por primera vez siento el peso de esa palabra, lo

terrible de esa palabra, el contexto en el que se inserta esa palabra. Y por más cotidiana y anodina que parezca, en esta ocasión ha adquirido una pesadez que me abruma, me sobrepasa. De pronto me he visto también dentro de una caja que lleva a cuestas otras cajas y así hasta el infinito. ¿Cómo podremos salir del encierro si una caja nos lleva a descubrir otra y cuando salimos de ésta hay otra esperándonos y otra más...?

Sexta nota fronteriza

Después de que Nicolás me advirtiera sobre su sentimiento de encierro, sobre la posibilidad de nombrar las cosas y darnos cuenta de qué objeto nos encarcela, he dormido mal. No ha habido sueños ni pesadillas, nada, simplemente he dormido mal. He apretado tanto los dientes que hoy me cuesta masticar algo. No sé qué me sucede, ahora todo mi pensamiento se ha concentrado en que estoy dentro de una caja. Me obsesiona esa idea... Anoche fue el colmo pues hasta sentí que me asfixiaba entre sus paredes lisas y sin ningún signo que aludiera a una salida. Hacia donde me girara encontraba siempre el mismo paisaje. No era una caja oscura pues podía ver perfectamente como se unían las esquinas. Además era una caja cuadrada perfecta. Cabía yo sin problema, ninguna de mis extremidades estaba siendo presionada y cualquier posición que yo adoptase la podía ejecutar, incluso ponerme de pie y dar unos pasos. Aunque si volvía a sentarme podía tocar con mi mano cualquiera de sus lados, como si esa caja fuera elástica y se amoldara a mí.

Desde que nombré la palabra caja me sigue a todos lados, incluso ahora que tomo conciencia de ello he comenzado a ver a mis amigos dentro de cajas, unas más estrechas, otras más laxas, pero en cajas, deambulando emparedados sin saberlo, dentro de esa caja invisible y que ahora yo percibo. He llegado al agotamiento de la misma palabra de su raíz y forma. No sé qué me pasó, no sé qué se coló en mi cerebro la última vez que hablé con Nico, pero ahora lo reconozco: estoy dentro de una. Quiero salir de ahí, y no puedo...

Séptima nota fronteriza

No es que niegue el sentido ontológico de una palabra, no. Sé que todo existe, eso me lo enseñaron y es lo que yo veo y aplico en el camino, sé que algo es real cuando lo toco y lo miro. Pero, ahora... Temo hablar con algún colega de esto pues me siento aturdida. Me apenaría estar pasando por un callejón sin salida que me he impuesto yo misma. El problema de Nicolás lo he dejado de lado y egoístamente me he centrado en el mío, ahora nos dedicamos a hablar del sentido de las palabras, en especial el de la caja. Él ha notado mi cambio y se asusta un poco. Sobre todo porque ya no le pregunto sobre sus sueños sino sobre esa sensación de libertad que él experimenta en ellos y sobre esa idea de encierro que tiene en la realidad que habita. "Te envidio" le dije. Levantó los hombros y esquivó el comentario. Y yo me puse a lanzarle una verborrea sin sentido, usando un lenguaje que él escuchaba como si fuera una lengua de otro país u otro planeta. Pero, ¿cómo explicarle que desde que descubrí el sentido, mi sentido sobre la palabra caja me he dado cuenta de que estoy en una, que necesito salir de ella, que me ahogo, me desespero y estoy así de volverme medio loca porque tanta estrechez me aturde? ¿Por qué pensé en una caja y no en otra cosa? ¿Por qué me carcome la idea de saberme dentro? Y si siempre he estado dentro, ¿por qué hasta ahora me doy cuenta?

Novena nota fronteriza

He tenido una visión terrible. ¿Acaso un sueño?

Me veo desde arriba, tengo una panorámica de la caja donde me encuentro, sólo que es tan pequeña que la veo en todo su detalle desde la posición aérea donde me ubico. Lo único que sobresale es mi cabeza. En realidad es mi rostro, como si fuera lo último que pudiera ser devorado por la caja. Trato de mantenerlo sobre el nivel de la caja, como si me estuviera ahogando. Es cuando se me ocurre la idea brillante de tragármela. Sé que es una locura, sé que no es posible, pero haciendo un esfuerzo, que percibo porque me observo desde lo alto, logro sacar un tablón y comienzo a engullirlo. El tablón se liga a los otros y pareciera que me como un largo espagueti de madera. Al hacerlo, el volumen de la caja va disminuyendo, no es así, es sólo una sensación y yo estoy que reviento de tanta madera tragada. Mas no puedo parar, es como si no tuviera otra opción. Cierro los ojos, y aun así veo esa imagen en la que me como mi propia caja con una mirada llena de angustia y de impotencia, y me hundo en el vacío oscuro hasta perderme en la nada.

No es un sueño, no lo es y por eso temo. ¿De dónde me vienen estas visiones que me asaltan a cualquier hora del día?

Onceava nota fronteriza

Estoy tomando unos tranquilizantes. He conseguido hablar por teléfono con un médico de otra ciudad, me ha mandado la receta y recomendado que descanse, es cosa del estrés y de la edad me ha dicho. No le creo nada, pero los relajantes me han ayudado a pensar menos en... la caja... No quiero que mis colegas noten que estoy descolocada, ausente y temerosa... Tendré que consultar a Julia, pero no lo sé, ella parece estar también consumida en su caja... Se ha vuelto esquiva y poco quiere hablar de su particular modo de enfocar el mundo. Me haría un bien enorme saber su opinión acerca de la caja, de las cajas donde habitamos todos. ¡Dios mío! Tengo otra vez esa sensación de estar al borde de mi conciencia, en el filo de un precipicio donde voy a caer si no me controlo. ¿Qué maldito veneno me inyectó Nicolás aquella tarde en el jardín? ¿Por qué ahora no puedo dejar de ver las cosas de este modo? ¿Por qué temo pronunciar una palabra y que luego se escape sin llegar a saber para quién estaba destinada o si era la correcta? Me aterroriza volver todo invisible por mi ineptitud a la hora de nombrar... Todo me provoca recelo, confusión, angustia. Ahora sé que las palabras son poderosas, si las usamos mal nos atrapan y nos encierran para siempre...

Mañana cuando venga Nicolás lo abordaré con firmeza y le exigiré una explicación sobre lo que me ocurre. No puedo dejar que un chico me destroce los nervios.

La doctora Dench se quitó las gafas consternada. Leer esas notas la mortificó. Desconoció totalmente aquella escritura nerviosa, sin sentido ni orden. Era un desahogo personal que se había filtrado en el expediente del chico mezclando una proyección sobre una situación ajena. Nada profesional, nada común en la reconocida profesora Alba. Se dio cuenta de inmediato de que si Alba le había entregado el expediente no era sólo para ayudar a Nicolás sino a ella. Por eso la insistencia esta mañana de saber si había terminado de leerlo, de escuchar su opinión sobre todo aquello, del que de manera ineludible Alba formaba parte.

Necesitaba terminar de leer la notas fronterizas. Quedaba sólo una más, la última, que afortunadamente era legible, ya que tuvo que renunciar a la lectura de algunas otras. Las primeras, de la nota dos a la cuatro, por repetitivas, ya que sólo descubrían el cuadro clínico de la madre: trastornos compulsivos obsesivos, que según Alba el chico había heredado de manera que eran una posible causa para la obsesión por el sueño recurrente, así como los posibles sueños lúcidos de Nicolás. Y las finales por confusas o ininteligibles, como la octava que sólo decía: *"Todos somos una caja de Pandora, todos somos una caja de Pandora, todos somos una caja de Pandora... con todas las desgracias humanas dentro, con todas las desgracias humanas dentro, con todas las desgracias humanas dentro..."*. No por ello menos perturbadora.

También le resultó confusa la nota diez pues era una serie de dibujos y de cajas recortadas que Alba había recolectado y anexado a sus anotaciones. Algunas estaban encerradas en rojo y al final aparecía una acotación curiosa: *"Estoy encerrada en un prisma rectangular donde todo es transparente. Sí, alguien se divierte conmigo y me está descomponiendo, difractando: disparando en distintas direcciones mis pensamientos que al final de esta caja son mi única luz..."*.

Doceava nota fronteriza

El agotamiento lo llevo dentro. Nadie ha notado que me desmorono. Ni siquiera Julia que ayer pasó por mi cubículo consternada por sus sueños. No pude decirle que se parecían a los de Nicolás, no me animé a confesarle que de manera incomprensible los tres estábamos ligados a una paranoia sin sentido: somos perseguidos por algo o por alguien de maneras distintas. Ahora lo único que me queda es darle forma a mi delirio, sé que no puede ser sino una transferencia, quiero al chico, le he tomado cariño y ahora su angustia la canalizo a través de mí. Debí renunciar al caso cuando aparecieron los primeros síntomas de una simpatía más allá de lo profesional. Quizá fue por pena a dejar a mi amiga sin ayuda... quizá... no hay pretexto que valga.

Ahora pienso que Julia tiene razón que no todo se concentra en la lógica y los razonamientos preestablecidos. Tal vez existan coyunturas por donde se filtran otras posibilidades de lectura de nuestro entorno. Si el mundo es una caja puede haber muchos mundos-cajas que no vemos ni percibimos, concentrados como estamos en la propia. Todos somos una caja de Pandora...

Y eso era todo lo que estaba escrito en la última nota fronteriza, eso y, adherido a ella en un sobre, un mini casete. La doctora buscó de inmediato su grabadora portátil para reproducir la cinta. La grabación inició atropelladamente como si Alba hubiese comenzado a registrar la conversación de manera clandestina:

—*Estoy dentro de una caja, Nicolás.*

—*...*

—*Tú también lo estás, debemos liberarnos.*

—*...*

—*No me mires así, me has abierto los ojos. Estamos juntos en esto.*

—*Me asusta, habla como mi mamá.*

—*¿Cómo tu madre?*

—*Sí, ella no dejaba de repetir que estaba dentro de una jaula.*

—*¿Cuál jaula? ¿Seguro que no era una caja?*

—*No...*

—*Nicolás no juegues conmigo...*

—*No juego.*

—*Tu me dijiste que te sentías encerrado en una caja, acorralado.*

—*Encerrado sí, acorralado no.*

—*Nicolás...*

(Y aquí la doctora Dench percibió cómo el tono de Alba se tornaba más inestable y agresivo.)

—*No sé qué quiere que le diga...*

—*La verdad.*

—*¿Cuál verdad?*

(Su amiga intentó recuperar la calma.)

—*La tuya...*

(Esto lo pronunció con un poco de vergüenza.)

—*No sé cual es... No sé nombrarla ya le dije. Si lo hago y fallo se volverá invisible, para mí, para todos. Entonces nadie podrá ayudarme. Usted está buscando desesperadamente un nombre y no lo encuentra y entre más nombres le dé a su... "caja", más difícil le resultará. No diga nada. A veces hay cosas que aunque las gritemos no se solucionan.*

—*Lo de tu madre, por ejemplo.*

—*Sigue sin entender...*

—*Pues quisiera hacerlo.*

(El tono de la profesora había cambiado por completo como si hubiese recuperado la compostura, y la febril excitación con la que inició la entrevista diera paso a su capacidad conciliadora.)

—*No puede...*

—*Vamos Nicolás. Confía en mí...*

—*Él ya juega con usted. Se divierte, ya la puso en una caja, como a mi madre en una jaula y a mí en un sueño.*

—*Mira todo esto de la caja fue una confusión mía, una tontería que de pronto se me coló en la cabeza, cosa del cansancio, del estrés, de la impotencia de no ayudarte.*

—*Así se empieza. Luego viene la ira porque no se sabe nombrar lo que a uno le pasa. Pero cuando por fin crea que ha encontrado el nombre, el verdadero, lo verá y cuando eso suceda vendrá a devorarla... porque se ha equivocado al nombrarlo.*

(Se hizo un silencio que acompañó la voz algo trémula de Alba.)

—*¿Cómo lo sabes?*

—*Porque eso le pasó a mi mamá. Un día se levantó totalmente oscura... como si tuviera el rostro y el cuerpo lleno de tizne, pero era su color... y luego los ojos muy negros, hundidos, como si se estuvieran yendo para adentro. Ya estaba muy delgada, comía muy poco. Me abrazó. Estaba tan fría y fue cuando me dijo: "Ya viene... no encontré su nombre, no puede... pero si sé qué hay en mi jaula...".*

—*¿Qué había?*

—*Hastío.*

—*¿Sabes lo que significa esa palabra?*

—*Sólo repito lo que ella dijo...*

—*Tu madre era una persona con problemas depresivos... ¿ lo sabes?*

—*Lo sé.*

—*Ese es su diagnóstico y no otro.*

—*Lo sé.*

—*¿Entonces?*

—*Sigue sin entender.*

—*¿Qué no entiendo?*

—*Ese es el nombre de la jaula. No del culpable...*

En este punto Alba cortó la grabación. La doctora Dench quedó pensativa unos minutos mientras regresaba la cinta hasta el momento donde Nicolás utilizaba la palabra *hastío,* era un vocablo por demás descontextualizado del habla común de los chicos de su edad. Además la pronunciaba con tanto agobio, como si verdaderamente sintiera el peso de esa palabra. Lanzó un par de hipótesis mentales y se apresuró a darles vueltas en su cabeza. Luego anotó algunas consideraciones en su libreta. Miró la hora, pasaba del medio día y ella ni siquiera había comido, como si hubiese sido absorbida por el tiempo. Dejó el expediente a un lado y fue a la cocina a prepararse algo. Y mientras lo hacía se dijo: "Hay que despertar a Nicolás de inmediato".

6

Julia no recordaba haber soñado nada que involucrara un "falso despertar". Soñó, eso sí, pero ahora con una puerta vieja y gigantesca de donde colgaba un letrero que al principio le costó trabajo leer: *Orden Cisterciense de la Estrecha Observancia*. Tocó con las manos el letrero y luego miró a su alrededor como intentando descubrir la ubicación. A lo lejos pudo distinguir la figura del sujeto que la perseguía en sus sueños y simulaba ser uno de sus pacientes. Se acercaba gritándole algo. Ella quería ir hasta él, confrontarlo, pero dos gigantescas manos oscuras emergieron de la tierra y la anclaron justo frente a la puerta. El sujeto seguía avanzando y sin embargo no se acercaba lo suficiente como para que ella escuchara su voz. Le señaló la puerta varias veces. Con gestos le pedía que la empujara y entrara. Pero no pudo moverse, los brazos que la inmovilizaban comenzaron a subir por sus piernas, a presionarla hacia abajo, tragándosela, llevándola hacia una oscuridad que a ella, lejos de alarmarla, la llenó de pronto de calma. La angustia de un principio se fue desvaneciendo, y se dejó llevar a esa negrura que la sepultó de pronto. Había un bienestar en ese ya no querer hacer nada. Antes de desaparecer completamente, vio al sujeto que corría para auxiliarla. Pero si ella no quería ser rescatada, ella se sentía bien, ahí en medio de esa sensación de abandono absoluto. Fue cuando sintió esa poderosa mano caliente que la tomó de un brazo y la jaló de nuevo a la superficie.

—Nada es lo que parece, Julia.

—Déjame; déjame en paz.

—Nadie es lo que parece…

La doctora Dench se agitaba violenta para liberarse de esa mano que no le permitía volver al agujero. Él la controló hasta que se fue quedando sin fuerzas y dormida dentro del mismo sueño ahí a un lado de la puerta de madera inmensa. Y sin dificultad pudo distinguir otra vez ese letrero: *Orden Cisterciense de la Estrecha Observancia.*

Sonó el teléfono. Julia despertó y chequeó la hora. Tres treinta y tres de la madrugada. Atendió la llamada. Sólo un silbido sordo y lejano del otro

lado de la línea. Se pegó bien el oído al auricular como para intentar percibir algún ruido. Nada. Tomó su libreta y anotó el nombre de la Orden para no olvidarlo. Decidió volver a dormir, pero antes, y llevada por esa intuición que nunca le falla, dejó descolgado el teléfono. No más "falsos despertares" se dijo.

7

La confusión en la que vivía ya no le permitía tomar a la ligera cualquier signo que saliera de lo habitual ni en los sueños ni en vigilia. Con atinada intuición decidió descolgar el teléfono de su casa después del último episodio onírico. Se percató de que el sonido del mismo era un detonador para el sueño y para el "falso despertar". Quizá ella de manera inconsciente había creado ese vínculo entre las dos realidades. Una vez lo hubo descubierto, se sintió más relajada, pues sabía perfectamente que podía controlar el acceso al sueño y la salida del mismo.

Sin embargo cualquier precaución era insuficiente, sabía que sus sentidos eran engañados así como sus reflejos habían disminuido, por tal razón decidió pedir un taxi para ir al hospital. No quería que le sucediera un episodio onírico mientras ella manejaba y ocasionar un accidente o dañarse. Se duchó con agua fría para despertar del todo y sintió cómo cada músculo de su cuerpo se vivificaba saliendo de la modorra de la mañana. Mientras se vestía comprobó que el teléfono seguía descolgado. Sonrió complacida. Pero entonces escuchó, lejano, como contenido en un espacio cerrado, el timbre telefónico. Quedó quieta unos segundos y volvió a comprobar que el auricular no estaba colgado. Se llevó la mano a la cabeza con ese gesto de recriminación por haberse olvidado de algo: "No apagué el maldito celular".

Removió algunas cosas de su bolso y lo encontró. Quiso contestar. La llamada ahora estaba en la categoría de perdidas. No reconoció el número. Sacudió su cabeza: "Estoy despierta, estoy despierta. No tengo por qué ponerme paranoica." Rió para sí y continuó vistiéndose, pensando en esa puerta que había soñado, en el nombre de la orden, en el carácter diferente del sueño que ahora no le parecía "lúcido" sino simbólico. Volvió a revisar sus notas. Se dirigió a su biblioteca y buscó entre algunos de sus libros. Fue fácil encontrar el volumen que buscaba ya que estaba repasando algunos temas para su clase de mitos y religiones. Con destreza se desplazó por entre la páginas:

La Orden Cisterciense de la Estrecha Observancia (O.C.S.O. por su nombre oficial, en latín, Ordo Cisterciensis Strictioris Observantiae) conocida como Orden de la Trapa, es una orden monástica católica, cuyos miembros son popularmente conocidos como trapenses. Tienen como regla la de San Benito, la cual aspiran seguir sin comodidad alguna. Por ello prohíben el lujo y los placeres mundanos. Su prioridad es alabar constantemente a Dios, leer las Sagradas escrituras y el trabajo físico.

Continuó leyendo algunas otras referencias y reglas de la estricta orden. Pensó si en la ciudad encontraría algún religioso que pudiera darle un norte sobre esta comunidad o si acaso habría algún miembro de la orden, ya que tenía la vaga referencia de que no todos viven en el encierro. Dejó el volumen de lado y preparó el expediente de Nicolás. Desayunó ligero mientras esperaba el taxi. Cuando tocaron a su puerta se apresuró a tomar el bolso y salir.

—Al hospital Central, por favor.

—Será un viaje un poco más largo, hay un accidente en el cruce de las avenidas. Espero que no lleve mucha prisa…

—No importa, tengo tiempo.

Ya en el auto Dench chequeó la hora: las doce del medio día, respiró profundo casi con alivio, llegaría antes del almuerzo. Se sintió incómoda por la manera en que la miraba el chofer por el retrovisor. Para distraerse buscó el expediente de Nicolás y sus notas, repasaría algunas observaciones sobre el caso y las conjeturas que había sacado de ellas. Recordó las notas fronterizas de la profesora, la grabación y algunos otros detalles del último sueño: la Orden religiosa.

Concentrada en ello, se ausentó del espacio y del ruido del exterior. Hasta percibir que no escuchaba nada, absolutamente nada. Levantó la cabeza y reconoció al taxista que le sonreía. Era el sujeto de su sueño. Eso no podía ser. Le pidió que se detuviera, quería huir de ahí. En ese momento le nació un terror amazónico, que la hizo saltar literalmente del coche y escabullirse entre las calles. Se descubrió totalmente extraviada. No reconocía ningún lugar. La gente iba y venía, ¡todos en sentido opuesto al suyo! Se pegó a una pared y se deslizó con mucho esfuerzo hasta la puerta de una cafetería. "Aquí no hay lógica, esto es un sueño.

Tengo que despertar, tengo que hacerlo." Recordó que Alba le advirtió de que los sueños lúcidos son manejables: "Sólo debes tomar el control".

Julia respiró otra vez profundo, cerró los ojos e intentó concentrarse de nuevo en el interior del taxi. Cuando los abrió, estaba sentada pero en la cafetería y frente a ella ese sujeto, ¿el de su sueño? Lo reconocía y a la vez no, de pronto estaba segura de que era él y unos segundos después le costaba trabajo creer que fuera él. No habría manera de describirlo; aunque parezca un lugar común, era verdad. No hay manera de decirle a los demás, a ella misma, con precisión, los rasgos de esa cara. Esa frustración se le clavó en el cerebro, pues cuando Alba le preguntara cómo es o a quién encarna, ella no sabría contestarle. Por más que repasó en su memoria la semejanza con algún conocido o familiar no hubo manera de encontrar una similitud. Aquel ser era todos los rostros en uno sólo y por lo tanto podía ser cualquiera...

—Eres escurridiza.

La voz le retumbó en los oídos acribillándola después de ese silencio que había imperado desde que saltó del taxi. Y con algo de nerviosismo, para ganar tiempo y ubicar su situación, le contestó:

—¿Lo soy?

—Eres buena descubriendo trucos, acertijos y confusiones.

—He aprendido de mis adversarios.

—La soberbia te perderá.

—Quizá soy un poco orgullosa –diijo tratando de recuperar el temple y observando a su alrededor–. ¿Qué hacemos aquí?

—Soy tu paciente. Quiero mi consulta.

La manera de decirlo, la forma en que la veía, el espacio donde se encontraban la hicieron dudar sobre esa aseveración. El sujeto que se decía su paciente no tenía ese tipo de personalidad arrogante y segura. Sin embargo los ojos no podían mentirle, era él. Por ello sólo se atrevió a decir:

—Tú estás detrás de todo.

—¿Yo? Soy la víctima.

Julia intentó levantarse, pero descubrió que estaba clavada a la silla.

—No puedes ir a ningún lado.

—¿Necesito ir a algún lado?

La risa del sujeto estremeció la piel de la doctora que incluso sintió desplazarse las carcajadas por entre su pelo. Un estremecimiento se apoderó de su nervios y la hizo gritar:

—¿Qué quieres del chico?

—Quizá debes preguntar, ¿qué quiere él de mí?

—Ustedes lo confunden todo.

—No hables en plural, yo soy único.

—Siempre dicen los mismo, ni son originales, ni piden algo distinto que no sea el alma.

Con cierta molestia levantó una ceja como aceptando y reconociendo lo predecible que resulta en cuanto a humanos se trata:

—Pues no tienen nada más que nos interese o... ¿sí?

—Eso depende del tipo de...

Procuró no utilizar una palabra errónea para no perderlo, para no volverlo invisible y por lo tanto más letal. Rebuscó en su memoria, concluyó diciendo:

—... ente que seas.

—Me gustas y mucho. Por eso te quiero en mi juego. No te precipitas y mira que ya te tengo donde quiero...

67

—Y eso es... ¿dónde?

—No es un lugar, es un estado de ánimo.

—Mmm. Tu eres del tipo trastornador...

—No, yo soy un devorador.

Se acercó un mesero, cuyo rostro era idéntico al ente, y le dejó un café en la mesa. Ella lo retiró con recelo. Él sonrió. Sin perder más tiempo Julia fue directo al punto de su interés:

—¿Dónde tienes al chico?

Hizo un gesto con la cabeza y Dench descubrió a un jovencito sentado en la última mesa del café, estaba entretenido con una mariposa que se deslizaba por sus brazos. Llevaba la mitad del cuerpo descubierta, estaba absorto en el juego de cazarla.

—Lo tengo entretenido.

—¿Qué pretendes hacer?

—Su madre era una mujer muy inteligente. Pero nadie la escuchó.

—Explícate.

—Ella estaba muy próxima a descubrir mi nombre. Si lo hubiera hecho...

—¿Estaría viva?

—...

—Como ya no tienes a la madre, ahora te divertirás con el hijo...

—Sí. La eternidad aburre. Los mismos obsesivos, los mismos trastornados me fastidian... Tampoco ustedes son originales, ¿eh? Se obsesionan con las mismas cosas, se neurotizan con los mismos problemas, se vuelven paranoicos hasta de las moscas... Ya no perciben lo espiritual, todo lo miran como si fuera una cosa física o un problema social... Pero descubrí a Nicolás... Es como su madre, lo que ustedes llaman genética...

—El chico es depresivo como su madre.

—No, él es inteligente como su madre. Él ve, tiene el don de ver el sentido de las cosas, de los seres, no sólo su superficie.

—Todos los jovencitos son así...

— No. Pero no me importa lo que pienses, estás en medio de un juego.

—¿Y si no quiero jugar?

—Te obligo. Te necesito a ti, y a tu amiga también.

—¿Alba?

—Ella está en el engranaje y cumple su papel a la perfección. No puedo decir lo mismo de ti...

—¿Quién más está jugando?

—Descúbrelo. Sería bueno que tomaras un poco de café.

—Yo no tomo café.

La doctora Dench intuyó que debía hacerlo si quería despertar. Además el sujeto comenzaba a cambiar de forma; presintió que si su curiosidad era más fuerte que el sentido común vería algo de lo cual podría arrepentirse. Bebió de inmediato.

—Buena chica. No quería asustarte.

Julia dejó de mirar fijamente el retrovisor del taxi y sacudió la cabeza como si saliera de un trance. Le costó trabajo ubicarse. El taxista le habló con algo de temor:

—¿Le pasa algo? ¿Se mareó?

—No... sí... un poco, supongo.

—Me asustó, señora, parecía como en otro lado.

—¿Cuánto falta para llegar al hospital?

—Ya estamos ahí, mire.

El edificio se destacó de entre las otras construcciones. Dench respiró con alivio, necesitaba hablar con Alba, y comprobar si el chico que soñó era Nicolás, no cabía la menor duda; el ente, porque así decidió llamarlo hasta encontrar su verdadero nombre, estaba manipulándolos y había escogido la dimensión onírica como su campo de juego.

8

Tocó apenas la puerta y ésta se abrió de inmediato. Alba se sorprendió al ver a Julia con el expediente en la mano.

—Pensé que vendrías hasta el lunes o llamarías.

—¿Soy inoportuna?

—Para nada.

La doctora Dench miró hacia el interior de la habitación y observó al chico conectado a una serie de aparatos con el semblante totalmente abstraído. Su rostro le pareció familiar. No cabía duda: era el jovencito del sueño en el taxi. Alba se retiró del marco de la puerta y la dejó pasar. Julia se aproximó a la cama con curiosidad, comprobó que Nicolás se encontraba en la fase REM por el movimiento rápido de los párpados, la tensión arterial y la respiración irregular. El cuerpo se movía muy poco. ¿Qué estaría soñando? ¿En donde se ubicaría su sueño? ¿Estarían compartiendo un universo onírico él y ella? ¿Acaso Alba también?

Se acercó al rostro de Nicolás, percibió que no estaba en ese cuerpo, era como si hubiese dejado un cascarón, una piel que simulaba ser él mientras su esencia vagaba en otra parte. Se permitió tocarle el pulso, débil; puso la mano sobre su frente, frío. Alzó uno de los brazos y éste cayó rápido, sin control. Irene, la tía de Nicolás, observaba desde un rincón las maniobras de la inesperada visita y supuso de inmediato que era la amiga de Alba.

—¿Qué opina?

Julia fue sorprendida por aquella voz que salía de la parte más oscura del cuarto.

—Disculpe no sabía que estaba aquí.

—Se pondrá bien, ¿verdad? No sabe, me siento tan mal, yo le decía todo el tiempo perezoso, holgazán, no puedes pasarte la vida durmiendo y... resulta que está enfermo. ¿Podrá ayudar a Nico?

—No lo sé, yo sólo soy una... observadora.

Y esta palabra le retumbó en la cabeza, tan fuerte y tan atinadamente que se sorprendió de haberla utilizado. Incluso sintió que alguien puso esa palabra en su boca, como un dulce que se derrite y deja un sabor inconfundible de satisfacción. Entonces pensó, rápidamente, que esa debe ser la sensación que se obtiene cuando se ha encontrado la palabra justa. Fue como si de pronto algo se aclarara entre sus ideas, vislumbró un panorama diferente y se dijo para sí: "Ese es el rol que él me ha asignado en su juego, soy una observadora".

—Julia, como te he dicho, no hay daño cerebral, no hay síntomas de ningún traumatismo, el chico simplemente duerme.

Alba lo dijo consternada, sin estar muy convencida de sus palabras. Dench asintió con la cabeza y al mismo tiempo con un gesto le indicó que la acompañara. La profesora comprendió de inmediato. Excusándose con Irene abandonaron ambas la habitación.

—Tenemos que hablar.

—Julia, estoy totalmente confundida.

—Ya lo sé lo leí en tus notas fronterizas.

—¿Qué?

—Tus notas, donde te ubicas dentro de una caja.

La cara de la profesora se descompuso y tuvo que detenerse en uno de los pasillos del hospital.

—¿Qué te sucede?

—¿Cómo sabes eso... lo de mis notas... lo de la... caja?

Su voz comenzaba a exasperarse.

—Tú me las entregaste junto con el expediente de Nicolás y un pequeño casete con una entrevista...

—Eso no es posible.

El rostro de Alba se tornó pálido y Julia pensó que iba a desmayarse.

—Ven, vamos a buscar dónde sentarnos. Seguro hay una explicación...

Como pudo la llevó hasta un jardín próximo a una de las alas del hospital y la sentó en una banca. Esperó unos minutos a que recobrara el aliento. Luego en tono casi de súplica le escuchó decir:

—Muéstramelas.

La cara de agobio de su amiga y ese ruego casi doloroso la pusieron nerviosa. Con premura buscó y rebuscó en el expediente sin dar con ellas. Una y otra vez repitió la operación. Tomó asiento y repasó las páginas.

—No están. Ni la cinta...

—Porque nunca te las di.

—Pero yo las leí. Tengo algunas anotaciones. Puedo relatarte incluso lo que cada una de ellas contenía... Las tengo tan claras en mi memoria o creo tener...

Se hizo un silencio. Le siguió otro más pesado y profundo en el cual las dos se vieron envueltas mientras intentaban localizar una explicación.

—¿Cuántas notas eran?

—Doce, algunas ininteligibles...

—Julia, no puedo creerte, entiéndeme...

Dench sólo atinó a decir:

—Todos somos una caja de Pandora...

—Con todas las desgracias humanas dentro.

Alba la miró con los ojos apagados y confundidos.

—Julia... ¿Cómo pudo ser?

—No sé, seguramente... lo soñé. Quizá algo que dijiste en nuestro último encuentro me hizo crear todas estas asociaciones...

—Y la frase de "Todos estamos dentro de una caja de Pandora..."

—Es una referencia cultural, los que estamos en el medio lo sabemos. Debí hacer asociaciones...

—Seguro, y yo la abrí dejando escapar los males del mundo.

—Por lo menos el miedo, ese sí se escapó...

—Julia, pensarás que estoy loca.

—No, confundida, como yo. Pero eso es normal, él quiere eso.

—¿Él? ¿Quien es él? ¿El que sueñas? ¿Los que sueña Nicolás?

—No lo sé, aún no estoy segura si hay dos entes que juegan con nosotros o es sólo uno dividido, duplicado.

—¿Qué son? ¿Qué quieren?

—Aún no lo sé. Tenemos que investigarlo.

—¿Tenemos? No, Julia, yo me siento incapaz...

—Tú estás en su juego.

—¿Juego?

—Te explico después. Lo importante es que ya sé a qué juega o eso creo.

—Julia, esto se escapa a mi competencia... yo...

—Tranquila. Es normal, es la primera vez que te toca vivir un caso de este tipo.

—Creo que es mejor retirarme... No tengo la experiencia...

—No. Tú eres una pieza muy importante. Mira, yo soy la observadora, Nicolás es la presa, su trofeo, y tú eres la intermediaria entre nosotros.

—No entiendo.

—A ver, ¿por qué le pusiste notas fronterizas a tus deducciones al margen del caso?

—No sé, sentí que no podían tener otro nombre. Ésa era la palabra... justa.

Al terminar de decirlo se le erizó la piel. La doctora lo notó y para relajarla continuó hablando como si no se hubiese percatado del estado de abstracción de su amiga:

—Esta clase de ente no puede tomar a su presa sin que ésta esté convencida de acompañarlo. Pueden seducirla, confundir sus prioridades, desorientar sus intereses, pero finalmente deben decidir por sí mismas si se dejan devorar por él o no. No me preguntes porqué lo sé, es una intuición, pero estoy por comprobarla. Ahora, para ello nos necesita, somos quienes le entregaremos a Nico o ayudaremos a que él decida no seguirlo. Depende de lo bien que cumplamos nuestros roles. Yo estoy aquí para mostrarle al demonio, soy la observadora, por lo tanto lo he reconocido, o eso creo; y tú eres la puerta por donde debe pasar esa información. Tú eres nuestro espacio de transición entre las dos dimensiones. Si fracasamos el chico será devorado...

—¿Estamos lidiando con un tipo de personificación de la muerte?

—No, la muerte se lleva el alma, no la devora. Recuerda lo que el chico dijo de su madre. Para este ente, y no lo llames "la muerte" porque se volverá más escurridizo, acaso invisible y entonces nunca lo atraparemos, lo que le excita es el juego, ganarnos la presa, devorarla.

—Entonces ¿nosotros también somos jugadores?

—No. Ahí es donde todo se complica. Nicolás es presa y jugador al mismo tiempo. Es presa en nuestra realidad y jugador en la dimensión onírica. Y es ahí donde necesito de tu ayuda. Debemos despertarlo y volverlo una unidad. Debe pelear contra este ente y encararlo, pero sin estar dividido.

—Si sigue en la fase REM no puedo despertarlo, es muy peligroso.

—Lo sé. Tenemos que buscar una alternativa...

—Científicamente no es posible.

—Debemos considerar otras variables menos ortodoxas... Piensa Alba, sé que puedes crear un puente entre nosotras y Nicolás. Podemos traerlo de vuelta. Y mientras tú buscas esa alternativa yo voy a estudiar la naturaleza de este ente.

9

El lunes por la mañana Julia Dench se volvió a levantar con el ánimo y con la confianza renovados. Se miró al espejo y se sintió una colegiala que sabe que tiene que aprobar un examen y lo único que tiene a su favor es el deseo de aprobarlo. Sin importarle las críticas o los comentarios incrédulos, era movida por su determinación, por su sagacidad e inteligencia; pero sobre todo porque no soportaba ver que un chico sufría por culpa de esos seres exteriores que tienden a confundirlo todo y a estropear el camino. Utilizando una técnica de meditación y unos ejercicios de auto hipnosis que Alba le había recomendado, logró bloquear su consciente para no tener sueños o en caso de tenerlos no recordarlos: "Es peligroso pero si lo haces un par de veces no pasa nada. El proceso de auto hipnosis debes manejarlo con extremo cuidado".

Con antelación puso a Carmen, su asistente, a que sondeara entre las órdenes religiosas de la ciudad a algún padre, hermano o monje que pudiera orientarla sobre "los trapenses". No se hacía muchas ilusiones sobre los resultados ya que esta congregación es poco común y muy celosa de sus preceptos. Pero, como Carmen es infatigable y le debe un gran favor a Julia, no escatimó ningún recurso e incluso sacrificó la tarde de su domingo para investigar sobre el tema. Por eso cuando Dench llegó a su oficina y fue recibida por su asistente desde la puerta, supo que los resultados de la búsqueda no sólo eran buenos sino excelentes.

—¿Qué me tienes?

—Un ex monje que está disponible.

—¿Ex monje?

—Sé que no es lo que esperabas. Pero duró muchos años en la congregación.

—Y ¿por qué se salió?

—No le pregunté tanto. Seguí tus indicaciones al pie de la letra tal como me lo pediste. Se turbó un poco cuando le dije la naturaleza de la entrevista, cambió el tono de voz, se hizo un silencio algo incómodo.

—¿Cuándo puedo verlo?

—Hoy mismo si quieres. Casi siempre está en su casa… Puedes ir a cualquier hora, menos al medio día.

—¿Al medio día?

—Sí eso dijo y fue muy enfático. Me pareció raro, pero qué monje no es raro, ¿eh?

—Carmen...

—Julia, tú bien sabes el dicho: "El hábito no hace al monje".

—Carmen...

Dicho esto cerró la puerta de la oficina y la dejó ahí en medio de sus papeles, sus cavilaciones, entre la zozobra de sus pensamientos y una extraña sensación de tristeza y abandono que empañaban el paisaje de su vida. Sin darse cuenta era invadida una vez más por el vacío y la melancolía. ¿Dónde había quedado la Julia renovada y jovial de esta mañana? Conforme se aproximaba la media tarde la desazón iba inundando sus sentimientos y su cabeza...

10

A las cinco de la tarde Julia Dench tocó la puerta del ex monje cisterciense. Comprobó que tuviera lo necesario en su bolso: la grabadora y su libreta con las preguntas que posiblemente le haría. Y aun así con todo preparado, ordenado y listo en su cabeza, estaba nerviosa. ¿Qué le sucedía? Sintió una tristeza enorme y otra vez esas ganas de volver a casa y dejar que Alba se las arreglara sola. Luego pensó en el chico, eso la retuvo un poco frente a la puerta, lo suficiente para que ésta se abriera y quedara frente al ex monje que no mostraba un rostro mejor que el suyo.

—Pase. Usted debe ser la doctora.

Julia fue conducida por un pequeño jardín bastante cuidado con una hortaliza a un extremo y flores de ornato al otro. Cuando entró a la casa, que era pequeña y pulcrísima, con apenas lo necesario para vivir, la invadió una paz ya extraña en ella. El joven le pidió que tomara asiento en una de las sillas del comedor, rústico y algo incómodo.

Sobre la mesa, un insulso florero con unos alcatraces gigantescos. En el otro extremo de la pequeña estancia, un sillón; y libros por todas partes: en los libreros, en las mesitas, en el suelo acomodados en perfecta armonía.

Sonó a lo lejos una tetera.

—No tomó café, sólo té, le gustaría compartir conmigo una taza.

—Claro que sí.

Mientras el joven iba a la minúscula cocina, Dench se levantó de la silla e inspeccionó el lugar. Le llamó la atención la cantidad de luz que se filtraba por las ventanas. No encontró ninguna imagen religiosa colgada en las paredes. De hecho nada colgaba de las paredes. Lo único que hacía de aquella habitación un lugar cálido eran los dos grandes ventanales. Uno daba al jardín por dónde ella había entrado y el otro a una huerta, ésta parecía ser de mayor extensión, y mostraba algunos árboles frutales. Por lo que dedujo que la pequeña casa, más semejante a una cabaña, estaba en medio de dos jardines.

—Es una linda vista. Me da paz y fortaleza.

La doctora se volvió para tomar la taza de té que el joven le brindaba con una sonrisa melancólica.

Luego tomó asiento. Trató de acomodarse lo mejor que pudo.

—Lo siento, pero como puede darse cuenta sigo conservando el modo de vida de la Orden. Es difícil abandonar los hábitos de sencillez, no se nos permitían comodidades.

Dench examinó el rostro del joven, quizá unos treinta y pico de años, no más.

—¿Le parezco muy joven para ser un ex monje? O ¿precisamente por ser joven cree que soy un ex monje?

Se sonrojó al ser descubierta, pero notó que él no lo decía con molestia, sino con la intención de relajar la conversación. Julia buscó su grabadora y sacó su libreta.

—¿Puedo grabar nuestra entrevista?

—Preferiría que no.

—¿Por qué?

—Él puede manipularlo todo.

—¿Él?

Con un poco de turbación por haber dicho aquello en medio de un contexto poco adecuado trató de desviar la conversación hacia otro tema.

—Fui a visitar a Nicolás al hospital.

A la doctora esto la hizo desistir de preguntar sobre ese "él". Pero antes de que pudiera hablar, el ex monje se adelantó:

—Fue como si me viera. Cómo si ese chico estuviera viviendo de algún modo el infierno por el cual yo pasé hace muchos años, muchos ya... Es por él que decidí recibirla. ¿Está rico el té?

La pregunta la sacó otra vez de cualquier comentario que hubiese querido hacer en ese momento:

—Sí, muy bueno.

—Es de lavanda.

—Vaya, nunca la había tomado en té.

—Yo cultivo un poco aquí, en mi hortaliza. Ayuda a conciliar el sueño y aleja las pesadillas. La tomo todas las noches, es una rutina que tengo desde hace mucho tiempo. ¿Usted tiene pesadillas?

Pero antes de que ella pudiera contestar algo, en lo que parecía más una entrevista invertida, el joven se adelantó otra vez:

—Qué descortés soy. Me llamo Santiago.

—Yo, Julia.

Él sonrió y dejó la taza de té sobre la mesa. Se sentó por fin y quedaron frente a frente.

—Yo sí tengo pesadillas. A veces desaparecen pero por lo general están ahí. He aprendido a lidiar con ellas, pero sé que no me abandonarán hasta que mi vida llegue a su término.

—Yo tengo falsos despertares…

Lo comentó como para entrar en confianza, pero Santiago continuó con lo suyo:

—A veces me pregunto, como ese personaje de teatro, si "la vida es sueño". Para ser honesto hace mucho que no sé si estoy dentro de un sueño o soy un sueño.

—Yo estoy igual, justo ahora no sé si estoy dormida o despierta. ¿No tendrás un teléfono por aquí?

—No. Ni radios, ni televisor… ¿Así entras y sales de su mundo? ¿Cómo te enlaza?

—Por el sonido del teléfono… ¿Te pasó también así a ti?

—No, al abad de mi Orden, él entraba en trance durante la oración, al escuchar los cantos. A mí ese ser me regaló una mariposa.

La doctora se sorprendió de las coincidencias y reconoció un *modus operandi* del ente en los dos casos. Iba a preguntar algo pero Santiago comenzó a contar su historia:

—Desde antes de que me regalara la mariposa, nunca fui un chico como los demás. No sólo porque me crié con mis abuelos, mis padres murieron cuando yo era un niño, sino porque siempre estaba triste, taciturno. Mi abuela me consentía demasiado y mi abuelo me trataba con severidad. Él era un hombre muy religioso, que poco soportaba mi temperamento: "Eres un perezoso", solía gritarme todo el tiempo. Y la verdad, no sabía de donde me venían esa ganas de no hacer nada, de vagabundear por ahí siempre con la cabeza baja, sin amigos, retraído. Mi abuelo argumentaba que era cosa de no tener una madre y un padre como todos los demás. Pero eso no era cierto, pues mis abuelos me daban todo aquello que se puede necesitar y más, para mí eran como mis verdaderos padres.

Así pasé la niñez, entre estados medianamente felices y una tristeza constante. Algunos parientes decían: "Es un melancólico". Mi abuela sonreía y me abrazaba con fuerza: "Mi niño será un artista, un genio. Todos ellos son así".

—¿Y sentiste deseos de pintar, escribir?

—Lejos estaba de serlo, pues a mí no me llamaba la atención nada o casi nada. Sólo me gustaba

90

leer. Cuando cumplí los doce años, ya tenía edad para ir a la biblioteca y sacar libros. Mi abuelo aceptó que me dieran una credencial personal siempre y cuando él pudiera supervisar mis lecturas. Eso en su momento me pareció una invasión terrible, pero entendía su preocupación, siendo él tan devoto y teniendo un nieto tan extraño, no quería que me pervirtiera leyendo cosas que no iban con mi edad. Al principio leí novelas de aventuras, algunas vidas de santos (recomendaciones de los abuelos), historias edificantes sobre gente extraordinaria: misioneros, monjas y célibes sacrificados por la humanidad. Mi abuelo respiró tranquilo un tiempo, viendo en aquella actividad un consuelo para mi torturada persona, pues había dejado el vagabundeo solitario para quedarme en casa leyendo casi todo el tiempo. Seguía llamándome perezoso, pero se conformaba con la idea de que estaba enriqueciendo mi intelecto.

"Sin embargo poco a poco fui siendo empujado, por una extraña conciencia sólo mía, a otro tipo de lecturas. Fue cuando comenzaron los sueños. En ellos había un sujeto que seguía a distancia y me llevaba por territorios increíblemente bellos. No sé cómo explicarlo, no eran paisajes estrictamente hablando, eran historias, vidas, cuentos, que se escenificaban. Como cuadros en movimiento. Me obsesioné con los libros. Quería leerlo todo y sobre cualquier tema. Día y noche sólo pensaba en ellos. Sin importarme si los entendía o no.

"Por aquel entonces tendría quince o dieciséis años, mi abuelo se ponía mal y le costaba ir conmigo a la biblioteca para supervisar los textos. Así que pude adquirir cierta autonomía y los volúmenes que sabía no podían pasar por su rigurosa selección los leía ahí mismo en la sala de lectura. Y en medio de tantos libros, los únicos amigos que sigo atesorando y de los cuales ya no desconfío, descubrí mi mal.

"Fue una tarde al medio día, mientras caminaba por los pasillos de literatura francesa, que cayó a mis pies (como empujado por una mano salida de una dimensión paralela a la nuestra), un libro que se abrió como una mariposa al extender sus alas: *Las flores del mal* de Baudelaire, mostrándome una página especifica con un poema que parecía más un espejo donde yo me veía reflejado amargamente: *La destrucción*.

Hizo una pausa. Tomó un poco de té y fue a buscar entre sus libros el texto. La doctora Dench se apresuró a tomar nota del título del poema y otras referencias que le parecieron importantes en la narración de Santiago.

—Aquí está. Voy a leérselo, lo encontrará significativo: *Sin cesar a mis lados se agita el demonio;/ nada a mi alrededor como un aire impasible;/ lo trago y siento que abraza mi pulmón/ y lo llena de un deseo eterno y culpable...*

Se detuvo un momento y saltó algunos versos hasta llegar a los que sentenciaron de algún modo su sentido sobre la vida:

—*Me conduce así, lejos de la mirada de Dios/ Jadeante y destrozado de fatiga, en medio/ de las llanuras del aburrimiento, profundas y desiertas/ y arroja en mis ojos llenos de confusión/ vestidos manchados, heridas abiertas/ y el aparato sangrante de la destrucción...*

Cerró el libro y volvió a sentarse. Terminó de beber su té. Julia se atrevió a comentar algo aprovechando el momento de introspección por el que pasaba Santiago.

—Quizá ese libro no cayó por obra de ese demonio que tú crees invadía tu cuerpo. Sino por obra de su contra parte, alguien que quería advertirte, una energía positiva. Muchas veces confundimos las advertencias con designios malditos... Es cosa de leer los signos no sólo en un sentido sino en todos sus posibles sentidos. Nosotros les damos una lectura que a veces se acomoda a nuestro estado de ánimo, olvidamos el contexto, no vemos el mundo de manera neutral.

—Ahora lo veo así, o quiero verlo así, pero cuando se tiene dieciséis años, Julia, "existe un punto de llegada, pero ningún camino", como diría Kafka. Y no sólo porque estamos en estado de metamorfosis y es más fácil que nos invadan por dentro o que nos vean como seres fantasmales que no terminan por decidirse a ser corpóreos, concretos, sino porque no podemos habitar nuestra propia piel. Nos quema, nos arde y si no logramos apagar ese fuego, ese incendio que se disfraza de tantas cosas y nos enloquece, no lo superaremos nunca. Y yo, como mi abuelo me gritó a la cara cuando descubrió mis lecturas poco edificantes, estaba lleno de *Acedia, tristitia, taedium vitae*. Acedía, tristeza infinita, tedio de la vida, así es como los Padres de la Iglesia llaman a la muerte del alma devorada por uno de los peores demonios que habitan la Tierra desde el día de la creación.

"Mi abuela lloró tanto. Quizá porque recordó que era una maldición familiar por la que había perdido a sus dos hijos, mi padre y a una tía que nunca conocí, bajo ese signo de acedía: 'Ella se dejó morir, él no luchó por su vida después de su accidente, y ahora tú, mi niño... ¿Qué maldita enfermedad nos persigue?'

—¿Buscó ayuda profesional para manejar tu estado depresivo?

—Un medico clínico me diagnosticó una descompensación energética de carácter orgánico. Un psicólogo habló de un cuadro depresivo por algún trauma o por una causa genética. Y finalmente, el guía espiritual de mi abuelo dedujo que yo era atacado por un ente maligno, el que custodia el pecado capital de la pereza.

—Mal nombre para algo que va más allá de no querer hacer las cosas, sobre todo cuando no se puede desear nada, ni siquiera por aquellos que amamos. Aunque a veces a esto yo le llamo cuadro depresivo y hay muchas formas de tratarlo.

—No, Julia, a veces no es eso, no en mi caso, no en el de Nicolás. No, es una realidad hostil que llamamos demonio, es real y concreto, nos quiere devorar. No habitar, esto no es una posesión, quiere comernos...

—Y ¿qué gana con ello?

—Volverse más fuerte. Nuestra energía lo nutre, es en medida en que nosotros declinemos la vida y vivirla que él se vuelve invencible. Mira, yo no quería entrar a la Orden Cisterciense de la Estrecha Observancia, pero mi abuelo investigó en todos lados quién podría ayudarme a superar esta situación, ellos eran los indicados. Ellos han luchado por siglos contra este demonio, tienen una cruzada especial y son quienes lo mantienen a raya, son los únicos que conocen las profundidades del tedio y la ansiedad del corazón. El rigor de sus principios sirve precisamente para alejar ese mal que este demonio deja como estela por su paso. El abad me lo explicó muchas veces y fue mi guía espiritual en la lucha contra este "demonio de medio día". Es el único de entre todos que no le teme a la luz y que ataca cuando el sol está en lo alto. Debes comprender que esta Orden no es de la Estrecha Observancia sólo porque vive cumpliendo sus preceptos libres de comodidades, de lujos, y se apega rigurosamente a sus reglas. Sino porque son los observadores, los centinelas entre el mundo de lo aparentemente real en el que vivimos y el otro mundo, el de los espíritus buenos y malignos. Son la primera línea que deben vencer los demonios antes de cruzar a nuestra dimensión. Pero siempre encuentran algún lugar o a alguna persona que usan como puente, como espacio de transición para colarse. Cuando todo esto me quedó claro, después de mucho estudio, meditación y acercamiento a Dios, logré por un tiempo alejarlo de mi vida.

"No sabes con que fuerza recé y luché contra este demonio, me convertí en un monje devoto y ejemplar. Mi abuelo era mi fortaleza, no quería fallarle. Creo que murió contento de saberme libre de las manos del maligno. Poco después la abuela falleció. Y en ese estado de fragilidad volvió esa sombra que me cubrió con su manto de angustiosa tristeza y desesperación. El abad nuevamente me asistió durante mi crisis y luchó conmigo contra ese ser que me destrozaba los nervios... y a él lo enloqueció...

Aquí hizo una pausa. Julia notó que le costaba trabajo continuar y que esa parte no quería compartirla del todo. Santiago la miró con esos ojos llenos de tristeza, con esos ojos que le recordaron a Nicolás, abismales y llenos de angustia. Sabía que no debía preguntar pero lo hizo:

—¿Cómo sucedió?

—Sin que el abad se diera cuenta fue la puerta por donde entró. Comenzamos a compartir los mismos sueños, aunque el abad los vivía de otra manera. No supo resolver sus acertijos y se quedó anclado en uno. Este demonio envenena con las palabras, Julia, son su mejor arma porque entran como el viento por tus orejas, el sonido es aire, no lo olvides, por eso también las palabras pueden ser para él su perdición...

—¿Qué le hizo perder la cabeza al abad?

—La idea de que no era real sino un ser soñado por mí.

La doctora pensó de inmediato en Alba y su obsesión por la palabra caja y por suponerse dentro de una.

—El abad llegó a pensar que si yo lo dejaba de soñar desaparecería. Lo creyó tan firmemente, que nulificó la realidad. La abadía, los monjes, sus responsabilidades, nada de eso era verdad. Decidió velarme el sueño y me incitó a dormir todo el tiempo: "No soy real y si existo es sólo como una idea que tú Santiago te has hecho de mí en tu cabeza..." y así se fue complicando más hasta que dejó de comer, de rezar, de hablar y comenzó a vagabundear por los pasillos y las celdas, observándonos fijamente, hablando solo de cosas incomprensibles, gritando en medio de la noche o del día. Era un fantasma vívido y real para nosotros, que en confusión absoluta creíamos también soñar.

—¿Un tipo de histeria colectiva?

—Llámelo como quiera, pero todos los monjes nos encerrábamos en las celdas a orar, mientras el abad se deslizaba silencioso y atormentado por toda la abadía. Y no sé por qué extraña razón nosotros creíamos estar soñando aquello, y día a día rezábamos por despertar y día a día el abad nos acosaba con nuevas e intrincadas formulaciones sobre su condición inmaterial e inexistente. Esto hizo dudar a los otros monjes

99

sobre la realidad de su vida. Y yo era el culpable, el detonador, el que a todos condujera a la locura y a la no existencia, pues poco a poco los demás hermanos, creyeron que existían porque yo los estaba soñando...

—Pudo ser una neurosis provocada por el encierro, por el aislamiento.

—Seguramente –lo dijo en tono irónico–, por eso cuando desperté el abad y los cinco miembros de mi orden estaban muertos en sus celdas, con los rostros consumidos por un horror que no se puede explicar sino sentir, y sólo sucede si se vive esa experiencia...

—...

—Yo no pude hacer nada porque mientras ellos se consumían en esa idea de no existir, yo jugaba con una mariposa que él me había pegado al cuerpo.

—¿Tú estabas dormido mientras sucedió todo esto?

—Sí. Dicen que fue una fiebre, un virus extraño que cobró la vida de todos y que yo sobreviví milagrosamente.

—¿Recuerdas los síntomas?

—No, sólo sé que dormí varios días ininterrumpidamente... —se puso de pie y cambió tono de voz—. Tenemos que ayudar a Nicolás. Él está luchando a su manera contra este demonio. Pero sus trucos son muchos y sus aliados más.

—¿Sabes el nombre del demonio del medio día?

—*Meririm.*

Julia lo anotó de inmediato. Sin embargo una sensación que en su momento no pudo describir le abordó completamente indicándole que algo no estaba bien.

—¿Por qué presiento que ese no es el nombre que busco?

Santiago, al escuchar la pregunta que se formuló en voz alta la doctora, quedó asombrado:

—Porque tiene este demonio muchos brazos con muchos nombres.

—Y tú supiste cuál era el brazo que te tenía preso, por eso te salvaste porque lo nombraste.

—Sí, pero fue gracias a mi abuelo.

—¿Puedes explicármelo?

Santiago comenzó a llorar como si fuera aquel chico desvalido y asustadizo que sólo encontraba refugio en los libros. Luego narró con zozobra lo sucedido:

—*Meririm* primero cubrió el cielo con su manto negro, creando una lluvia constante y perniciosa que a todos nos obligó a dejar las labores cotidianas y recluirnos en nuestras celdas. Fuimos a buscar al abad para que no se mojara ya que por las tardes le gustaba vagar por el bosque. Sin embargo, nos llenamos de un cansancio insoportable que se coló entre nuestros cuerpos con la apariencia de un frío atroz. Sin darnos cuenta cada cual dejó de hacer sus cosas y nos recluimos en nuestras celdas a descansar. Fue cuando *Meririm* mandó contra nosotros a todos su hijos malditos: mientras dormíamos nos susurraron cosas al oído, e hicieron que no sólo el abad y yo compartiéramos los sueños, sino que poco a poco todos soñáramos lo mismo. Y en medio de aquello, vino salido de la nada mi abuelo y me sacó de abajo de la pila de esos libros que entre más leía más me consumían. Imagíname rodeado de volúmenes que con sólo tocarlos me provocaban la más terrible tristeza y la más penosa agonía. Ese demonio había convertido lo que más amaba en mi peor pesadilla, en mi perdición. Y mi único aliento, mi única razón era esa mariposa negra que él me había dado. Por eso cuando mi abuelo quiso arrebatármela lo lancé contra un muro que se lo tragó. Pero volvió, y yo una y otra vez lo aventé contra la pared y una y otra vez regresó a mi lado. Hasta que el ente apareció con su rostro terrible, con ese rostro que se parece a todos los rostros del mundo y que por eso es insoportable... Me quitó la mariposa. No puedo explicar el vacío que sentí, el hondo abismo que se abrió en mi cabeza, llevándose mi memoria y con ello mis recuerdos. Entre más lejos volaba la mariposa más desolado me sentía. Y él me habló: "Dime que necesitas ser devorado y te daré la mariposa". Cerré los ojos y no había nada más dentro de mí, sólo esa mariposa como un signo de esperanza. Apreté los puños y cerré todavía más mis ojos para evitar ver como poco a poco ese demonio me vaciaba por dentro. Pero al final de ese pasadizo negro que era mi memoria, mi tristeza, estaba ella, mi abuela, sentada en esa banca que daba al jardín y a su lado el abuelo, con la mirada severa, clavada en mí, en sus ojos estaba escrita la palabra liberadora, estuvo escrita ahí todo el tiempo. Y

entonces como ahora no la reconocí. Caí al suelo desolado. Mi abuelo vino y se enfrentó a ese viento oscuro que amenazaba con tragarme. Se interpuso como una barrera y el demonio lo tragó. Lo último que vi fue a mi abuelo murmurándole algo al oído, enfureciéndolo más y más... Así como aquello se encendió y de pronto comenzó a sofocarse. A mi alrededor no distinguía a nadie, y el paisaje era un enorme desierto, con la pesadumbre en mi corazón desperté... fui él único, todos los demás habían muerto.

"Conté todo lo sucedido a mis superiores. Sugirieron mi retiro. Me siguen considerando uno de los suyos pero he sido tocado por un demonio, algo de él aún queda y no desaparecerá hasta que yo deje de existir. Mi lucha no ha terminado, no terminará hasta que muera, pero lo tengo a raya...

—Santiago, dime el nombre de esa bestia...

—No lo sé Julia, se nombra una vez y sólo a él hay que decirlo, si lo supiera... ¿crees que no me habría liberado? Recuerda que *Meririm* tiene muchos hijos, muchos brazos malditos, yo no sé cual es el que me ahoga. Además fui tan cobarde, debí seguir a mi abuelo y escuchar el nombre.

—¿Crees que sea el mismo... hijo, brazo, o cómo quieras llamarlo que ataca a Nicolás?

—Tal vez, Julia. Pero tú lo has dicho: para cada demonio existe su contraparte. Tú cuentas con aliados, ellos te guiarán. Llámalos ángel, energía, luz o simplemente libre albedrío. Sí, esa elección que hacemos nosotros mismos cuando elegimos de qué lado queremos estar y con quién vamos a compartir ese lado, porque recuerda que eso come esta bestia, este ángel caído: nuestra decisión. Eso es lo que devora, de lo que se nutre. Sólo hay que llamar a las cosas por su nombre y así comenzamos a sanar... Debemos acogernos al camino que es del Altísimo: "En él están las llamadas potencias: la reflexión, la voluntad para pensar bien en las cosas celestes, obedecer a las cosas divinas, y querer una vida pura y así gobernarse".

"Nicolás es un chico listo, lo sentí. Y compartimos algo que nos une, eso también lo sé. Y estás tú y esa otra profesora que son sus aliadas. Sabrán enfrentarlo, recuerda que él juega, pero nunca repite el mismo juego dos veces...

11

Santiago, antes de despedirse de Julia, le prestó varios libros que podrían ayudarle en su cruzada contra el ente maligno. Algunos eran de conocimiento general otros bastante especializados y verdaderas rarezas. Destacaban por su interés un pequeño libro empastado en cuero, de apariencia milenaria. Era del famoso alquimista del medioevo, Paracelso y además contenía finas ilustraciones que le daban un aire de libro incunable, de colección. Este fue el último libro que el ex monje le añadió a la pila de volúmenes antes de acompañarla a su auto.

Dench lo hojeó con sumo cuidado y descubrió muchas anotaciones al margen escritas a lápiz con una delicada caligrafía. Se detuvo en una página marcada previamente donde el alquimista de tiempos pasados, para expulsar de los espacios privados a los espíritus malévolos, aconsejaba proteger la casa o la habitación donde nos resguardamos. No le pareció a la doctora nada mal tomar este tipo de precauciones empíricas y ejercidas durante muchos siglos. Se sabe que la sagacidad que da la observación es una de las mejores armas contra el enemigo. Es cuestión de descubrir los puntos débiles y todos tenemos uno: humanos o entes sobrenaturales fuimos creados con algún talón de Aquiles, es cuestión de que la flecha dé donde es preciso. Buscó su libreta, pero antes de anotar el remedio, decidió leer las páginas antecedentes para encontrar un mejor sentido a ese señalamiento en particular que hizo Santiago al entregarle el libro:

Si el consultante de estas páginas no está familiarizado con la tradición cristiana puede confundir fácilmente a los demonios con los ángeles caídos. Por nuestra suma ignorancia y nuestra poca observación del mundo vamos llamando a unos como los otros y a la inversa, sin recordarnos que cada palabra tiene un dueño y es poderosa en boca de quien sabe nombrarla. Así pues, entiéndase, que ángel caído no es igual a demonio y que éstos últimos son sus servidores y a su vez ellos tienen hijos o hijas que trabajan para sus fines malignos.

Un caído es un ángel que ha sido desterrado del cielo y de la vista del Todo Poderoso por desobedecerlo. El más nombrado en los repertorios de lo infernal es Lucifer, que es el más invisible de todos ellos, porque en realidad se desconoce bien su nombre, prueba de ello es que nunca es llamado con ese nombre en la Biblia. Algún cazador antiguo erró al mentarlo con esta nominación y le otorgó una coraza más fuerte que ninguna otra, como he dicho, la de la invisibilidad, por lo mismo la omnipresencia: el maligno está en todas partes y escucha todo lo que el mundo susurra y lo hará hasta el final de los tiempos, hasta el día del juicio final según está escrito en el libro del cordero degollado.

Por ello debemos resguardarnos de la vanidad —falsa inteligencia— y la falta de entendimiento con Dios, no dejarnos llevar por lo que creemos ver sino por lo que nuestros sentidos en su conjunto ven. Los ojos no son los guías del hombre, sino la manera en que vemos y sabemos que se disponen las cosas del Gran Creador. Porque el maligno engaña poniéndonos frente a lo que deseamos y no a lo que necesitamos. Por eso mismo es de suma importancia que si el consultante ya es presa de una malignidad, intente encontrar cuál es de entre ellas la que le acongoja, pues es bien sabido por los estudiosos de la historia que, así como Dios creó a los ángeles y les dio una función, de la misma manera Lucifer imitó a su creador y creó nueve órdenes de ángeles caídos que habitan juntos y alaban a su mentor.

La doctora Dench dio un rápido recorrido por las diferentes categorías de innombrables para determinar la clase de entes con los cuales lidiaba. Así supo que la primera clase está integrada por los seudo dioses y su jefe es *Belcebú*; la segunda no es menos alarmante, son los espíritus mentirosos y su jefe es la serpiente *Pitón*. Aquí recordó a la pobre de Eva en el paraíso, pero también vino a su memoria Flor y esa enigmática pelota roja (un caso que atendió). Sin detener más sus cavilaciones llegó a la categoría tres conformada por los iracundos y jugadores, su amo es *Belial*, no sabía que existía un demonio para los juegos de azar. En el cuarto lugar estaba *Asmodeo* "el ejecutor del juicio" cuyos demonios se encargan de llenarnos de venganza orillándonos a cometer las peores atrocidades. El quinto sitio es para los prestidigitadores y su jefe es *Satán*, Julia pensó que de estos abundan por todas partes haciendo ilusionismo, creando falsos milagros y confundiéndose con los verdaderos guías espirituales. Si bien este ente con el que lidiaba podía encajar aquí, bien sabía que ése no era su nombre. La sexta clase estaba configurada por los llamados "furias" y su jefe es *Abaddond* o el exterminador, estos son los responsables de las guerras.

Finalmente se detuvo al llegar al número siete en este orden de ángeles caídos. Ahí reconoció de inmediato el nombre de *Meririm* que quiere decir: "Demonio de medio día, sus brazos son múltiples y su poder es el del aire, lo corrompe y produce pestes internas en los hombres buenos, para que después estos contagien a los otros con su mal y los orillen a escoger la muerte. Son tan permisivos, tan malévolos y sádicos estos espíritus, que llenan al hombre de acedía: tristeza infinita, deseo de no hacer nada y finalmente confirman la sentencia escrita en *El libro de la Sabiduría*: 'Por acedía del diablo entró la muerte en el mundo y la experimentan los que le pertenecen'. Llegan acompañados de nubarrones oscuros que cubren el cielo, truenos que lanzan sus advertencias y luego esa tempestad que arrasa todo lo material y lo inmaterial. Son huracanes malditos, o ventiscas mortales, son el viento, el aire, la brisa, todo en ellos es intangible y por lo tanto más peligroso…".

Julia recordó con un ligero escalofrío el relato de la locura del abad, seguida de la histeria colectiva y finalmente la muerte de los monjes hermanos de Santiago; percibió de inmediato que efectivamente se había esparcido el caos y la paranoia como una brisa malévola llevada por ese aire inmisericorde, aliento de *Meririm*.

Reconoció, reflexionando un poco, que los sueños son buenos escenarios para este ángel demoníaco y sus comparsas, ya que son como el aire, incorpóreos, intangibles, son y aun así no están en ninguna realidad palpable. Por ello confunden y desconciertan hasta la mente más brillante. Reconoció en esta categoría de hacedores del mal a los más virulentos, porque efectivamente:

> Como una peste se propagan, contagian la desesperación y secan el alma. El demonio meridiano no es uno más de los vicios sino el peor y principal de entre ellos, pues si dejamos que su saeta toque nuestro corazón y lo atraviese, estamos perdidos, ya que pervertirá nuestra razón, derrumbará la esperanza y poco a poco apagará nuestro interior. Luchar, que no huir de su flecha maldita, es tal vez la única esperanza. Tenemos el don del Libre Albedrío y con él viene la fortaleza, arma insuperable. Está en nosotros decidir, no en ellos… nadie, ni siquiera un demonio puede elegir por un hombre.

Dench descubrió un dejo de desesperanza en la prosa de Paracelso que no le conocía, el gran alquimista parecía temeroso e incluso receloso de los datos que proporcionaba, como si con ello hubiese abierto un sello, una puerta a la cual los humanos no deberíamos

tener acceso. Cerró los ojos como para imaginar esa legión del mal, cargada de arcos y flechas que lanzaban azarosamente por el mundo; flechando a hombres y mujeres con esa tristeza inaudita que los lleva al precipicio mismo de la razón, arrebatándoles luego las ganas de vivir. Y todos ellos comandados por un general despiadado e insaciable que ha dado poder a sus soldados para, en su nombre, envenenar y jugar con la mente humana. Después pensó que estos seres son un poco como los vampiros, necesitan el flujo vital de los hombres, pero éstos no se nutren de la sangre sino de la energía fundamental de la conciencia, es decir de las ganas de vivir. Y pensó también que, como los vampiros cuando muerden hacen suya a la víctima que no podrá ser liberada si no se da muerte a su agresor, así estos entes diabólicos operan... Hay que dar con el que infectó a Nicolás, si es que queremos salvarlo.

Respiró con alivio, todo comenzaba a cobrar forma. Siguió leyendo el libro hasta llegar al párrafo donde Paracelso aconseja un remedio casero para protegernos de los demonios del medio día. Anotó los ingredientes y la preparación. Miró su reloj y tomó el móvil:

—Carmen, necesito que me consigas lo siguiente...

12

—Julia, ¿desde cuándo te sientes chamán?

—Sin sarcasmos, Alba, y ayúdame en la preparación. Para tu conocimiento esto es una receta alquímica.

—Da lo mismo. ¡Por Dios! ¿Qué le voy a decir a Irene cuando entre y nos encuentre haciendo… alquimia? Creerá que estamos locas.

—No sería ni la primera ni la última vez que me lo digan. Y tú deberías ir acostumbrándote. A ver, ¿está todo listo?

—Supongo…

—Vamos Alba, tómatelo con seriedad. Dime: ya mezclaste el incienso, la mirra y el benjuí.

—Ya.

—Pues ahora tú atizas esos incensarios y yo los otros dos; debemos cubrir los cuatro puntos cardinales de la habitación.

Comenzaron la labor con total concentración a pesar de que Alba mostraba alguna reticencia. La doctora logró encender el primero y se desprendió un humo casi transparente de olor agradable y penetrante que de inmediato se coló por el cuarto. Con mucho esfuerzo Alba encendió el segundo mientras Julia terminaba su labor con el tercero. El último opuso resistencia.

—Esto es ridículo, me niego a seguir... Yo soy una catedrática, tengo tres doctorados y una reputación que cuidar, no puedo andar con...

Y mientras externaba su inconformidad encendió el cuarto incensario. Al hacerlo se saturó la habitación del hospital de una neblina ceniza que se fue concentrando en el techo. Las columnas de vapor que desprendía el fuego producto de la mezcla de Paracelso formaron una pirámide que se colocó justo sobre la cama de Nicolás. Alba no daba crédito a lo que observaba, se talló los ojos que comenzaban a llorarle sin parar, y atribuyó aquello a una ilusión óptica. Después sintió un calor insoportable y sudó copiosamente, lo mismo le sucedía a Nicolás. La doctora Dench se aproximó a su amiga y le dio un poco de agua:

—¿Qué me sucede?

—No estoy segura.

—Necesito salir de aquí. Siento que me asfixio...

—Aguanta. Seguro también estás purificándote.

—Julia, según tengo entendido esta... fórmula, remedio, o lo que sea, es para limpiar los espacios.

—El cuerpo también es un espacio, se profana y se invade...

Pero la profesora comenzó a entrar en pánico, necesitaba salir. Dench hizo su mayor esfuerzo por retenerla, la tomó del brazo. Alba ardía, toda ella era un trozo de fuego. La habitación, completamente cerrada, provocó un efecto de sauna, del que sólo su amiga y Nicolás eran presas, sólo ellos dos estaban siendo atosigados por esa humedad incandescente.

Sin poder controlar más a la profesora tuvo que soltarla, a sabiendas de que si abría la puerta y dejaba escapar el vapor, el experimento sería un fracaso. Se interpuso entre ella y la salida. Fuera de sí, Alba intentó arrojarla:

—Quítate... No puedo respirar. Necesito aire fresco.

—Tranquila, respira relajadamente. No entres en pánico.

—Por favor, hazte a un lado... –se llevó las manos a la cabeza y comenzó a golpeársela– siento que estoy en una caja, siento que estoy en una caja... me asfixio.

Entonces sucedió, escucharon los quejidos de Nicolás. Intentaba levantarse de la cama y comenzaba a toser. La habitación seguía cubierta por una neblina leve y casi transparente, por eso fue más notorio el humo negro que se desprendió de la espalda del chico y que buscaba desesperadamente una salida. Iba de un lado a otro rebotando por las paredes, las ventanas y la puerta. La doctora observaba sin perder detalle mientras Alba trataba de tranquilizar a Nicolás que tosía sin control:

—Necesita aire fresco, debemos abrir la ventana o la puerta. Llamaré a una enfermera.

Lo que decía la profesora era cierto, sin embargo al hacerlo dejarían escapar al ente. De cualquier manera no sabía como atraparlo, y no tenía certeza de que esa manifestación fuera en realidad el ser que estaba perturbando al chico. Sin reflexionar más abrió la ventana, el humo negro

120

y espeso salió con suma rapidez dejando tras de sí un tufo putrefacto. Julia miró como se alejaba hasta perderlo entre unos nubarrones espesos que de pronto se formaron en el cielo antes totalmente azul. Las nubes comenzaron a agitarse de manera extraña, algunos relámpagos en su interior les hacían cambiar de color de ennegrecidas a grises, a violetas con destellos rojos y amarillos. Luego se escucharon un par de relámpagos que estrepitosos cayeron contra la tierra, seguidos de una lluvia fuerte que al chocar contra el piso parecía quebrar cristales. Julia cerró la ventana antes de que el agua la mojara. Comprobó también con asombro que la habitación ya no olía a incienso ni al tufo putrefacto de hacía un rato. Comenzó a inspeccionar el techo.

Mientras tanto Alba acomodaba a Nicolás en la cama y le tomaba el pulso. La enfermera llegó de inmediato con una bolsa de suero y lo necesario para canalizarlo, ya que presentaba un cuadro de deshidratación, nada más. Tras varios días de sueño continuo esto era lo único anormal en sus signos vitales. Después de que la enfermera ayudara a Alba, no ocultó su sorpresa al tropezar con uno de los incensarios. La doctora observaba todo desde el sillón donde tuvo que sentarse después de tanta excitación. Recargó su cabeza para mirar con mejor ángulo el techo: el humo había dejado un dibujo parecido a una mariposa aleteando. Sonrió para sí: "El enemigo comienza a cobrar forma".

13

Irene, llena de emoción, no dejaba de abrazar a Nicolás. Alba sonreía con cierto recelo desde una de las esquinas de la habitación, intrigada también por la mariposa dibujada, de manera casi azarosa, por el humo de hacía unas horas. No había asimilado lo sucedido. Miraba su reloj a cada momento y apenas escuchaba lo que Irene comentaba sobre la recuperación del chico. "¿Dónde se habrá metido Julia?", pensó para sí mientras se acercaba a tomar la temperatura a Nicolás y a chequear el suero.

—Me gustaría tanto agradecerle a la doctora Dench. ¿Volverá?

—Con ella nunca se sabe.

Y lo decía en serio. Simplemente, Julia abandonó la habitación unos minutos después de lo ocurrido sin darle tiempo a preguntar nada, a tratar de acomodarse los pensamientos y la experiencia que aún le parecía sacada de un sueño. "Regreso más tarde. Tengo que consultar unas cosas. Será cuestión de un par de horas. No te vayas, te necesito aquí cuando vuelva". Ya habían transcurrido tres horas y ni por asomó ella daba señales de vida.

—Es verdad que usa métodos extraños, pero míralo, está despierto.

Notando el nerviosismo de Alba y observando por la ventana como caía la noche, Nicolás se atrevió a decir:

—Necesito hablar con la doctora Dench, tengo un mensaje urgente para ella.

Alba lo miró intrigada.

—¿Para ella? ¿Estás seguro?

—Sí.

—Puedes decírmelo a mí.

—No, tiene que ser a ella.

—Nicolás no seas grosero, Alba ha estado al pendiente de ti…

—Lo sé y lo agradezco, pero el mensaje es para la doctora...

—Nicolás…

Irene, más enérgica, subió la voz e iba a reprender al chico pero Alba, antes de que la tía pudiera decir otra cosa, habló:

—No debe tardar, dijo que regresaría y ella siempre cumple con lo que dice.

El chico asintió con la cabeza y la metió entre las sábanas, quizá para evitar que Irene siguiera abrazándolo. Los tres quedaron en silencio. Alba sentada en el sillón fingiendo leer una revista científica, la tía acariciando el pelo de Nicolás que por su parte no dejaba de ver el cielo. La noche caía lenta y con ella parecía acercarse una tormenta amenazadora. Alba de vez en vez observaba también cómo se aproximaba aquella oscuridad cargada de tempestad, nada usual para esa época del año. Recordó entonces la conversación entre pasillos que tuvo con Julia donde ella le explicó que estos entes son de viento y a veces se acompañan con las tormentas. Un ligero escalofrío le recorrió la espalda y le erizó la piel. De pronto volvió a sentir esa sensación claustrofóbica de estar encerrada en una caja. La habitación le pareció más pequeña, los muebles más grandes. Todo parecía comprimirse. Las caras de Nicolás e Irene se distorsionaron y ella no podía sostener la mirada en nada, pues cualquier objeto cobraba dimensiones inauditas, modificando su tamaño o forma y creciendo inexorablemente hacia ella: hacia ella, con la firme intención de aplastarla, de sofocarla. Sin poder resistirlo se levantó del sillón con la intención de salir del cuarto en busca de aire fresco, de un lugar abierto.

Pero antes de que pudiera siquiera moverse de su sitio, un trueno estrepitoso hizo que el mutismo que reinaba en la habitación se rompiera:

—Se avecina una tormenta.

—Irene, quizá será mejor que vayas a casa.

—No pienso dejar solo a Nico.

—Estará bajo supervisión toda la noche.

—¿Tú te quedarás?

Alba guardó silencio unos segundos, en realidad quería marcharse de inmediato. Abandonar esa habitación que le destrozaba los nervios, pero era una mujer íntegra y sabía controlarse. Además debía tomar el control de la situación, no portarse como una mujer asustadiza y sin una pizca de razonamiento: "Todo tiene una explicación lógica. Ya lo decía Aristóteles: es verosímil que existan cosas inverosímiles". Con estas palabras acomodándose en su cabeza encontró la confianza necesaria y se atrevió a decirle a su amiga:

—Yo me quedaré toda la noche.

—Y yo la acompañaré.

Era Julia que entraba en la habitación. Llevaba consigo dos volúmenes gruesos y un par de mantas. Un termo –"con té, seguramente", pensó Alba, "¿Cuándo entenderá que el café es más efectivo?"– y un enorme bolso cargado de quién sabe qué artilugios. La profesora no pudo hacer menos que sonreír para sí y ayudarla a acomodar todo aquello.

—Irene, debes descansar. Deja todo en nuestras manos.

—Pero, doctora, yo quiero ayudar.

—Te vamos a necesitar relajada y descansada. Esto aún no ha terminado.

La voz de Dench sonó demasiado melodramática y mortificó sin querer a la tía del chico, a lo que tuvo que intervenir Alba.

—No hagas mucho caso, Julia es así, teatral… Es cosa de observar a Nico…

Dench se sorprendió de haber causado un efecto contrario al de tranquilizar a Irene, pero asumió que Alba tenía más sentido común y podía manejar la situación de mejor manera. Mientras tanto Nicolás, al margen de la situación, no le quitaba la vista de encima.

—Voy a acompañar a Irene a su auto. Regreso enseguida. Me gustaría que no intentaras nada hasta mi regreso.

Ella asintió mientras las dos abandonaban la habitación. Nicolás agradeció quedarse unos minutos a solas con la doctora, si bien no la conocía la había soñado, lo que equivale de algún modo a conocer a alguien:

—Es curioso: en mis sueños se ve más alta...

—Tal vez los sueños son como las películas, hacen que uno luzca un poco mejor.

El chico sonrío de lado:

—O hacen que creamos que son así, más grandes...

—Sí, también eso...

—Él me dijo que usted entendería...

—¿Qué?

—Lo que acabo de decir, que las cosas siempre parecen más grandes de lo que son, "dile eso, ella entenderá" y se esfumó.

Dench miró con determinación al chico y acercó una silla para no perder detalle de lo que comentara:

—Él sabía que hablaríamos de esto, no sé cómo pero él lo sabe todo.

—¿Cuál de los dos?

Nicolás con sorpresa contestó:

—Vaya, usted si entiende... Los dos lo saben todo, pero el recado es del que sigo.

—¿Por fin te habló?

Asintió con la cabeza reconociendo que Julia estaba al tanto de su situación:

—¿Él te da miedo?

—No, es el otro al que temo.

—¿El que te dio la mariposa?

—Sí.

—¿No son el mismo?

—No, aunque pareciera porque tiene el rostro de todo el mundo. Por eso no sabemos quién es de verdad, puede ser cualquiera.

—¿Qué quiere de ti?

—Devorarme, como a mi mamá. Yo lo vi comérsela y eso lo molestó mucho.

—¿Por qué piensas eso?

—Por la manera en que me miró.

—¿Quieres contarme?

Se le llenaron los ojos de lágrimas.

—Si no te apetece... no, ¿de acuerdo?

—Es que nunca se lo he contado a nadie, no me creerían.

—Si te contara, a mí tampoco me creen mucho.

El chico recuperó una sonrisa y se incorporó un poco hasta quedar sentado en la cabecera de la cama. Entonces comenzó su historia:

—Desde que yo recuerdo mi mamá era una mujer muy solitaria, de esas personas que no encajan en ningún lado. Iba del trabajo a casa, hacía la cena, me preparaba la cama, conversábamos un poco sobre esos temas que a ella le gustaban, cosas de sus libros, ella era filósofa, aunque trabajaba en la tienda de mi tía. A veces cuando no se notaba tan triste me decía que iba a retomar sus clases y que nos iríamos a vivir al extranjero cuando consiguiera una beca. Pero eso nunca pasó pues siempre estuvo desganada, a veces tenía que ir la tía Irene por ella, sacarla de la cama y llevársela a trabajar: "Eres perezosa y harás a tu hijo así". Odiaba cuando le decía eso, porque en realidad ella pasaba las noches leyendo sus libros y preparando una cosa que llamaba "Disertación sobre el arte de saber nombrar". Cosas filosóficas... por ejemplo ella me dijo que el mundo es un escenario de sombras y que nosotros estamos metidos en una cueva preguntándonos qué son esas sombras porque nunca salimos a ver qué son en realidad. "No es por miedo, sino por comodidad hijo. Nos gusta mirar la vida pasar." Después volvía a sus libros y a sus anotaciones. Lejos estaba yo de saber que mi mamá soñaba con este ser de mil caras y que a su manera trataba de combatirlo. Porque en realidad ella no quería ser como era: "Llevo un peso muy grande en mi cabeza, sé lo que me pasa pero no sé como llamarlo. Él me consume, él me destruirá porque a veces uno sólo tiene la experiencia de su rostro y de su corazón... Vendrá como llega el viento, se volverá tormenta arrastrándome...".

La doctora lo escudriñó y se levantó por culpa de una idea que le daba vueltas en la cabeza como una certeza:

—Seguro que eso dijo: uno sólo tiene la experiencia de sus rostros y de su corazón...

—Sí, lo recuerdo bien porque lo decía todo el tiempo... La extraño mucho, mucho. No me importa cuán silenciosa era, ni que se la pasara tirada en el sillón, era muy agradable llegar de la escuela y saber que estaba ahí. Aunque fuera sólo para acariciarme la cabeza y volver a perderse en ella misma. Por eso cuando llegué aquel día del colegio, desde antes de entrar noté algo raro. Primero fue ese viento que salió de la nada cuando abrí la puerta de la casa, y luego un frío como entre húmedo y espeso. Me entró miedo y luego un sudor helado que nada más de acordarme me pongo mal. Y ahí estaba ella, tirada en el suelo, sin moverse. Me costó trabajo acercarme, quedé inmóvil no sé cuánto tiempo. Aquello me parecía inconcebible, sobre todo porque toda ella tenía un color opaco, como si alguien la hubiera llenado de tizne. No, mil veces me dije que esa no puede ser ella, no.

"Cerré los ojos como para despertar de un sueño, los apreté muy fuerte y cuando los volví a abrir ahí estaba él. A un lado, abrazándola, lo suficiente como para comenzar a comerla. No era que le arrancara pedazos de carne, era como si le chupara el... ¿alma?, ¿el espíritu? Yo veía cómo su cuerpo se pegaba a sus huesos. Entonces le grité. No recuerdo qué. Él me miró y todo en mí se paralizó. Fue como si me invadiera por dentro. Y lo vi, doctora, lo vi como a usted ahora, no sabría describirlo porque tiene todos los rostros del mundo, pero sí sabría distinguirlo. Nunca lo confundiría con otro... Y eso él lo supo, desde lo más profundo supo que yo miré su verdadero rostro.

"Soltó a mi mamá y trató de agarrarme. Yo corrí por la casa, pero él es muy rápido. Me atravesó, su piel se cruzó con la mía y por un momento lo sentí dentro, helado y húmedo como una serpiente, o como cuando uno cae en el agua fría y se le congela el cuerpo, así mismo lo sentí. Y se quedó un rato dentro de mí, oía su corazón y el mío latir al mismo tiempo, yo me tiré al suelo y me sacudí todo, una y otra vez para arrancarlo, para sacarlo, fue inútil. Creo que me desmayé unos minutos, pues cuando desperté vi todo negro y luego poco a poco vino la luz. Busqué a mi madre y la encontré tirada en el piso, ya sin vida, medio cuerpo totalmente pegado a los huesos y él ahí a su lado para terminar su maldita labor. Fue cuando aparecieron los enfermeros y mi tía Irene. Yo les dije que no se la llevaran, pues yo la cuidaría, y que él se la estaba comiendo, no me hicieron caso...

"Lo demás no lo recuerdo... Sólo un sueño lleno de escaleras, puertas, y una silla que parecía ser mía en medio de todo aquello. Y luego apareció él, el que es bueno. Lo supe porque me acarició la cabeza como mi madre y me dijo: "Yo la voy a buscar, está detrás de una de estas puertas". Desperté y me quedé lleno de angustia, pues nunca pude ver si él la encontró entre tanta puerta cerrada...

Nicolás detuvo su relato y le pidió a Julia un poco de agua, se le secó la boca de pronto mientras hacía memoria de lo ocurrido.

—¿Por eso lo buscas, para saber qué le pasó a tu madre?

—Sí, al principio yo me obligaba a dormir todo el tiempo para encontrarlo... pero nada sucedía. Me concentraba mucho y así de poco a poco apareció. Si yo corría tras él, desaparecía, tanto que me di cuenta que debía vigilarlo sin que se percatara, a lo mejor así de pronto me llevaría con ella, pero nunca más ha ido a donde están las escaleras y las puertas. Luego con el tiempo soñarlo y espiarlo se volvió rutina, podía hacerlo cuando quisiera, era algo natural. Aprendí a ser paciente, convencido de que tarde o temprano me llevaría a la puerta que conducía a mi mamá. Y con esa idea nació mi apatía por el mundo real, por la gente, y sus cosas. No quería hacer nada, cada vez me encontraba más aislado y sólo. Esperaba la noche con ansias y luego cualquier hora era buena para dormir y huir de todos ustedes...

—Estás obsesionado con encontrar a tu madre...

—Quizá, lo que sí sé es que cuando menos me importaba el mundo apareció el otro. Yo lo reconocí de inmediato, él se enfureció: ya no era invisible a pesar de semejarse a todos. Después se acercó a mi oído y sentí su aliento fétido que me dijo: "Ven conmigo y te llevaré a donde está tu madre, cuando estés listo sigue a la mariposa". Esas palabras las tengo como grabadas en el cuerpo, esas palabras y la mariposa que me dio, esa que era igual a la que mi mamá tenía en el pecho, la que era de colores y se volvió de tizne cuando se la llevaron sin vida... Doctora, yo no quiero que me devore, pero al mismo tiempo sí...

Julia no supo qué contestar. Quedó en silencio unos segundos mientras trataba de analizar la confesión de Nicolás, su fragilidad. El chico había sido tocado por un brazo, por un demonio comparsa de *Meririm* que no lo dejaría en paz hasta hacerlo suyo.

—Sabes, a veces despedirse de un ser querido es duro. Nos negamos a creer que ya no están con nosotros y que nunca más estarán. Es cuando nos sentimos más vulnerables a las ilusiones.

—Es igual que todos, cree que este ser es una ilusión.

—No, Nicolás, creo que ese ente existe, pero que tú lo haces más fuerte y más grande de lo que es, porque él te ha prometido una ilusión, la de estar con tu madre...

—Eso mismo dijo el otro sujeto de mi sueño.

—Ese es un aliado, un ser de luz que te cuida a ti y cuidaba a tu madre. ¿Sabes la historia de los ángeles caídos?

—Algo me han contado en la escuela.

—Entonces sabes que para cada maldito hay un bendito...

—No.

—Déjame contarte. Pero antes, ¿quieres un té de lavanda? Es buenísimo contra las pesadillas y además ayuda a dormir bien.

Abrió el termo y le acercó una taza de humeante té.

—¿No cree que he dormido bastante?

—Has soñado bastante pero dormido... No, creo que no.

14

Cuando Alba volvió a la habitación, se sorprendió al encontrar a Nicolás profundamente dormido, a Julia ocupando la mesita de alimentos llena de libros, haciendo anotaciones y bebiendo té. Se aproximó al chico asustada y, después de verificar los monitores, comprobó que sólo dormía. Luego de reojo vio otra taza vacía.

—¿Qué menjurje le administraste? Te pedí que no hicieras nada hasta mi regreso.

La doctora se quitó las gafas para verla mejor:

—Te tardaste mucho. ¿Acompañaste a Irene hasta su casa?

A Alba, vulnerable como se sentía, aquella broma inocente le pareció un reproche y contestó molesta:

—Fui a chequear el historial clínico y a dar indicaciones a las enfermeras de turno, así como a realizar un par de llamadas, ya que voy a pasar la noche aquí…

—¿Por qué tan molesta?

—¿Qué le diste? Por Dios, Julia, no tiene ni doce horas despierto y ya lo sedaste.

—Nicolás necesitaba dormir, no soñar. Y sólo le di té de lavanda. Deberías tomarte uno... Y no es un menjurje, es una receta de herbolaria que como tú sabes es un arte milenario. ¿Desde cuándo la hierbas son un mal para el hombre? Bueno hay algunas, si te contara aquel caso cuando creí lidiar con unas brujas...

Dench tal vez quería relajar el ambiente con algún tipo de argumentación sobre el beneficio de ciertas plantas medicinales, cuando Alba perdiendo la cabeza casi le grita:

—¡Eres imposible! Por eso creen que estás loca...

Al escucharla decir aquello su rostro, que hasta hace unos momentos era alegre y podría decirse despreocupado, se transformó. El comentario de su amiga le caló hondo. Ella se percató de su falta de sutileza, de su manera tan poco gentil de manejar una situación por demás descontextualizada de todo lo que había vivido.

—Lo siento, no quise decir eso.

—Pero lo dijiste. A las cosas por su nombre, para ir a tono con el caso en el que las dos nos guste o no estamos involucradas... En fin.

—Estoy fuera de mí, tú sabes que generalmente no soy tan... irritable. Es que esto es muy confuso, ya no sé en qué creer.

Julia la miró de soslayo, fingiendo que seguía leyendo, y sobreponiéndose a su malestar le contestó:

—En la lógica. En el razonamiento, Alba, aún algo que parece imposible, extraordinario, fuera de lugar, tiene su lógica, su orden. Es cuestión de saber leer los signos y verás que no es tan extraño o inverosímil como parece. Ves estos libros, son mis anclas para no perderme en las suposiciones, para no dejarme arrastrar por algo que parece ser y tal vez no es. Éste en particular: *Tratado sobre los siete pecados mortales*, de Fray Andrés de Olmos que data de 1551.

—¿Qué con ese texto?

—Bueno pues descubrí que es uno de los elementos en común que tienen los protagonistas de este caso. No pongas esa cara. Te explico:

"El ser humano en su búsqueda por explicarse el mundo va creando redes de indagaciones que después esparce por lo ancho del planeta. Es decir, no importa el lugar físico donde se lleva a cabo un fenómeno como tampoco la época. La información que nosotros aprendemos desde niños o a través de los años, tiene su origen en algún punto lejano que desconocemos incluso y que alguien, que es posible que también desconozcamos, propagó para avisarnos cómo tratar tal o cual cosa.

Esta información va tejiendo redes, como te he dicho, donde se agregan o se quitan elementos ya sea por la observación empírica o científica, así nuestro conocimiento de las cosas tiene que ver con el cómo las hemos aprendido, quiénes nos las han enseñado y las imágenes mentales que nos hemos hecho de ellas. Por ejemplo si eres muy religioso, como es el caso de Santiago, el ex monje y sus abuelos, tiendes a ver la vida desde la perspectiva de las explicaciones de orden religioso la mayoría de las veces nacidas de lo empírico, que comparte un lazo muy estrecho con lo emocional. Lo mismo pasa con Nicolás (que además es un adolescente, etapa vulnerable a todo) y con su madre, que era filósofa, pero con especialidad en teología. Aquí uno podría pensar que por su formación la mamá de Nico fue más racional que emotiva, sin embargo no lo consiguió a pesar del conocimiento que tenía de su situación porque estaba demasiado involucrada y lo emocional ganó. Además de que era proclive a la depresiones constantes. ¿Me sigues?

Alba asintió más intrigada que nunca, empezaba a entender la argumentación de Julia.

—De esta manera, ellos aprendieron, de forma independiente, a mediatizar cualquier fenómeno fuera de lo ordinario como un fenómeno espiritual de carácter religioso, y al hacerlo se volvieron vulnerables a estas manifestaciones físicas. Estas energías que en otros contextos tienen otros nombres, en el de los devotos se llaman demonios, ángeles caídos, malditos, benditos. Y con ello atraen todas sus potencialidades. Son más fuertes en la medida en que mejor conocemos de lo que son capaces de hacer.

—El famoso inconsciente colectivo.

—Sí, porque como te he dicho, esta teoría establece que existe un lenguaje común a los seres humanos de cualquier tiempo y lugar constituido por signos, únicos elementos que nos ayudan a expresar aquello que está más allá de la razón. Pero además en este caso creo que nos enfrentamos a su vez a una histeria colectiva, dónde vemos lo que todos dicen ver.

—Eso pasó aquí con el humo.

—Así es, eso –señaló hacia arriba– que quedó pintado en el techo no es una mariposa, sino que nos parece una mariposa porque así queremos... porque deseamos que encaje en el orden de los signos que buscamos por todas partes, porque estamos obsesionados con ello.

—Pero, y la historia de los monjes muertos...

—No están muertos. Investigué la historia de Santiago, todo lo soñó. Pero para él fue tan real, tan vívido que no pudo salir de esa "realidad onírica" y aunque ahora distingue el sueño y la vigilia, él sigue creyendo que eso pasó. Por ello sus hermanos lo cesaron y, aunque lo cuidan, saben que quedó muy afectado por un fenómeno de equivalencia de realidades. Tan fuerte era su deseo de ser un hombre digno para su abuelo que se obsesionó con luchar contra su demonio: su estado depresivo. Se hundió en la lectura de libros y ahí descubrió este tratado, donde Fray Andrés describe a su mal como la pereza (recuerda que el abuelo no dejaba de insistir en ello), e incluso dice como expulsarla. Bueno, entre líneas, eso lo deduje yo, ya sabes que en ese tiempo había que ser cuidadoso por lo de la inquisición y sus famosas torturas.

—Y ¿cómo se puede expulsar ese "mal"?

—Luego te lo explico.

—Julia…

—Por ahora es importante que nos quede claro que lo mismo le pasó a la mamá de Nicolás, que en esa necesidad de salir de su opresión anímica también se refugió en los libros, y los que estaban a su alcance por su formación eran los de teología, ahí comenzó a darle forma y cuerpo a su mal: Demonio de medio día. Irene también la llamaba perezosa, acuérdate. Siguió buscando y buscando hasta dar con este libro, que al parecer es una autoridad en el tema de los pecados capitales…

—Y tú ¿de dónde lo sacaste?

—Puse a un par de alumnos de mi clase de mitos y religiones a rastrearlo, puntos extras para el ensayo final… Además ya había leído algunos fragmentos en otro texto y lo recordé cuando Santiago mencionó las llamadas potencias… Como ves, todo es cuestión de asociaciones. Luego se confirmó mi sospecha cuando Nicolás, antes de que lo sedara como tú dices, me contó el episodio de la muerte de su madre y una frase que constantemente repetía: "Sólo a veces uno tiene la experiencia de su rostro y de su corazón". Mira —le mostró la página— aquí lo subrayé, de aquí lo sacó. Y deja que te lea este otro pasaje: *"Qui sectatur otium, stultissimus est"*, mi latín no es muy bueno pero creo que dice: "Aquel que sigue la pereza está loco…" Pero continúa con otra sentencia: "Y está loco e infaliblemente se arroja a la región de los muertos de verdad". En fin, pese a su negación de la realidad de la supuesta muerte del abad y su hermanos monjes, Santiago logró mantenerse con vida y luchar contra sus miedos. Nicolás se aferra de igual modo pero está atrapado entre lo onírico y lo real. Ellos dos de alguna manera, y aquí radica el misterio, unieron sus experiencias y por alguna extraña razón, a la cual aún no encuentro una explicación lógica, nos involucraron para participar en su exorcismo. Quieren expulsar al demonio, pero para hacerlo deben nombrarlo, lo que equivale a aceptarlo. Y bueno a veces no somos lo suficientemente fuertes para ello, y menos un chico de la edad de Nicolás. Pero, Alba, estoy segura de que si ayudamos a Nico, ayudaremos a Santiago, los dos comparten un mismo síntoma de obsesión religiosa que han trasportado a su existencia y le hacen cobrar vida con el fin de curar sus estados depresivos. Recuerda que los dos tienen antecedentes familiares de este desorden: *Los pecados de los padres pasarán a los hijos...* Si mal no recuerdo hay una sentencia de este tipo.

—Entonces, ¿quieres decir que ese ente no existe en verdad?

—Es verdadero porque ellos creen que existe. Una verdad no necesariamente es compatible con la realidad, todo es relativo Alba. Lo que yo creo puede llegar a ser tan fuerte que se torna posible, verosímil. La fe mueve montañas ¿no?, hace caminar a gente sobre el agua, produce milagros... ¿Autosugestión?, ¿histeria colectiva? Somos energía, Alba, y es normal que se manifieste de múltiples formas. Pero aquí lo importante es que el enemigo cobra forma, comienza a ser visible, por lo mismo podemos aniquilarlo.

—¿Y yo qué papel juego en tu estrategia?

—Tú debes encontrar la forma de inducirnos a Nicolás, Santiago y a mí en un sueño compartido.

—Eso es muy difícil.

—Vamos, Alba, ya lograste bajo el efecto de la auto hipnosis que no soñara, ahora debes enseñarnos a los tres a llegar a ese estado y combatir desde la no conciencia a este ente.

—Muy bien, supongamos que lo consiguiera, ¿cómo vas a luchar contra él? Porque ahí será tan vívido como tú y yo, además muy fuerte, estarás en su entorno, y sabes que el cerebro cree en todo lo que sueña, incluso han muerto personas durante su sueño. Tú ¿qué arma llevarás?

—Su nombre…

—¿Y de dónde lo vas a sacar?

—De este mismo libro: hay un apartado donde habla de los hijos de la Acedía. Los describe de forma escueta pero da muchas pistas para seguir la huella de estos brazos demoníacos… Hoy mismo me comuniqué con un amigo de la orden de los franciscanos, está en ello… "El pecador perverso se somete, Dios, con su generoso corazón, lo libera de su falta".

—Ojalá tengas razón, Julia.

—Hay que tener fe.

Y dicho esto volvió a sus libros. Alba sonrió a medias y se acomodó en el sillón sin dejar de mirar con más atención el dibujo en el techo, en verdad que aquello parecía una mariposa. Suspiró pensando: "Uno ve lo que quiere ver".

15

Después de un par de días en los que Alba investigó y planificó el sueño compartido, logró establecer una estrategia para crearlo, sin embargo lo complicado de la situación en este caso sería: ¿quién de los tres soñadores iba a ser el dominante? ¿Quién iba a marcar las reglas del sueño? ¿Quién ayudaría a los otros dos a despertar? Esto no se podía saber de antemano porque es hasta el momento justo de estar insertados en el mundo onírico donde cada cual asume un rol a veces insospechado, los fuertes pueden ser los débiles y viceversa, así que no había manera de planear esto.

Por otra parte la profesora estudió diversos escenarios e intentó buscar la frase hipnótica o mantra que funcionara como un instrumento para liberar la mente del flujo constante de pensamientos que la confunden. Podía ser una oración con un sentido lógico o podía escoger una con un sentido auditivo nada más. Mientras que el escenario ya lo tenía prácticamente decidido. Como el principal objetivo era liberar a Nicolás, pensó que lo mejor sería un lugar donde hubiera muchas puertas y escaleras, recordando la confesión que éste hiciera a la doctora Dench. Por otro lado estaban los pasillos y las celdas de la abadía de Santiago, de este lugar tenía fotografías y sería más fácil inducirlos a imaginar ese escenario, sobre todo al ex monje que había vivido en él. Pero le pareció que había una distancia infinita entre este sitio geográfico y Nicolás, por ello optó por pedir a los alumnos de arte de su universidad que le dibujaran un escenario con las características que ella quería. De esta forma controlaba el espacio aunque no lo que sucediera después en él.

Repasó todo con sumo cuidado, ordenó los detalles que cada uno de los monitores del soñante tenía que tomar en cuenta por si había alguna complicación. Explicó escrupulosamente como debía llevarse a cabo la operación, entrenó a los monitores, que serían para Santiago un monje de la orden, para Julia, su asistente Carmen, y para Nicolás, ella misma.

Les mostró el escenario dibujado y todos los implicados estuvieron de acuerdo en que era un

buen lugar de encuentro. Les dio una copia del mismo para que memorizaran el espacio. Luego de discutir sobre el mantra para entrar en estado hipnótico y poder incubar el mismo sueño, decidieron una frase en latín que era sonora y al mismo tiempo poderosa: *"Militia est vita hominis super terras"*, lo que equivale a decir "la vida del hombre en la Tierra es un combate". Y era precisamente a donde iban, a una guerra contra un ente imaginado o no, verdadero o no, pero tan posible como cualquier cosa.

Con el entendido de que no había tregua ni vuelta atrás, los implicados firmaron simbólicamente un pacto y se entregaron a él. Sin decirse nada más quedaron en llevar a cabo el plan tres días después, a las doce y tres cuartos del medio día, justo cuando la hora del demonio va en declive, y donde supuestamente se verían debilitadas sus potencialidades. El padre franciscano había recomendado estas precauciones así como otras que sólo Julia Dench conoció y no quiso compartir con los demás, incluyendo el posible nombre de ese hijo de la Acedía.

16

Dio la hora. Julia se recostó en su cama y Carmen le tomó el pulso. Encendió la grabadora con el mantra que grabó la noche anterior al tiempo que escuchaba como su asistente comenzaba a crear el ambiente propicio para que la auto hipnosis funcionara. En otro lugar, Santiago era acomodado por el monje en un camastro de madera dentro de una de las celdas de la abadía. Nada que distrajera su mirada en las paredes, sólo esa piedra fría y oscura. El hermano cisterciense comenzó a repetir de manera rítmica y acompasada: *Militia est vita hominis super terras. Militia est vita hominis super terras. Militia est vita hominis super terras.* Hasta que Santiago fue entrando en trance y quedó profundamente dormido.

Alba hacía lo propio. Desde el hospital, lugar que Irene y ella escogieron para llevar a cabo el experimento, conectó previamente a Nicolás a los monitores que registrarían su actividad cerebral durante la etapa REM, chequeó su corazón y su presión, y con sumo cuidado lo indujo al sueño compartido. Irene repetía el mantra, al principio atropelladamente, hasta que consiguió darle regularidad, con ello el chico poco a poco fue encontrando el camino y cayó en el sueño.

Dench al abrir los ojos se descubrió sentada a medio camino de una escalera. Miró a su alrededor reconociendo el escenario: era el mismo que había estudiado días atrás pero algo en el ambiente le perturbaba. Se puso en pie e intentó localizar a los otros dos. No había señales de ellos. ¿Qué hacer? ¿Subir? ¿Bajar? Fue cuando distinguió una puerta semi abierta de donde salía una luz apenas perceptible. Bajó. No avanzaba, a cada peldaño en descenso, cinco o más se sumaban y la puerta se volvía cada vez más lejana. Aquello comenzó a desesperarla. Intentó brincar escalones, pero siempre volvía hacia atrás.

—Quizá no debo bajar sino subir…

Cambió de dirección y con una agilidad asombrosa se desplazó hasta llegar a una explanada de forma circular llena de puertas.

—Esto no estaba en el escenario que imaginamos.

Fue cuando una ligera ventisca apenas y perceptible le tocó la nuca. El escalofrío no se hizo esperar y con ello la visión de Santiago justo a su lado.

—Aquí estás. Ahora debemos localizar a Nico.

Pero Santiago pasó de largo sin oírla ni darse cuenta de la presencia de Julia. Llevaba el rostro desencajado y una angustia pegada al cuerpo que lo hacía encorvarse de un modo casi espectral. La doctora quiso tomarlo de un brazo pero la mano atravesó aquel cuerpo frágil y desesperado que se dirigía como fuera de sí hacia una de las puertas. Intentó abrirla, nada. Prosiguió con otra, no hubo suerte y así una a una aumentando la desesperación y el miedo en la cara del ex monje, mientras gritaba:

—¡Abuelo! ¿Dónde estás, abuelo? ¡Abuelo!

Dench notó cómo su angustia crecía como para volverlo violento. Intentó nuevamente aproximarse y traerlo a su espacio onírico pues era importante conectarse para vencer al maldito ente.

—Déjalo, Julia, rescata primero al chico, está abajo en la habitación.

Reconoció la voz de inmediato: era la del sujeto de sus sueño, su paciente.

—No puedo bajar, no puedo.

—Piensa en él, no en bajar.

Armándose de valor y decisión volvió a la escalera. En esta ocasión logró llegar hasta la puerta entreabierta. Ahí, en medio de una luz amarillenta, distinguió a Nicolás abrazando un cuerpo inerte, de un color cenizo espantoso. La piel pegada a los huesos y la quijada desmedidamente abierta. Y de ella salía un tufo a podrido difícil de soportar. Era la madre del chico, no había duda, pues él le acariciaba el pelo y la mecía como a una niña. Se aferraba a ese cascarón humano con todo su corazón. Tarea complicada para la doctora separarlo de esa ilusión. Pero primero debía hacerse notar, necesitaba que Nicolás la reconociera, que los dos vibraran en el mismo espacio onírico. Le habló:

—Nico, ¿puedes verme?

El chico levantó la cabeza y miró a la doctora con los ojos llenos de un inconmensurable vacío. Entonces recordó que el demonio, hijo de *Meririm*, tiene todos los rostros del mundo. No sabía bien por qué ese pensamiento le llegó así de pronto, pero haciendo caso a su intuición sospechó que ese no era Nicolás. Y acertó, pues la furia del ente no se hizo esperar y también abrió desmesuradamente la boca, vomitando otro ser igual a Nicolás, y otro más, y más, y más, hasta llenar la habitación de ellos. Después, todos al unísono hablaban en nombre del hijo de la Acedía:

—No podrás encontrarlo nunca. He ganado el juego y por partida doble, Santiago también será mío.

—Esto no se acaba hasta que el jugador se rinde, ¿miento?

—¿Qué quieres decir?

—Ellos deben elegir.

—Ya eligieron.

—Eso quiero verlo yo. Si es así, despertaré y tú habrás ganado.

—No tengo que probarte nada.

—Entonces no te creo.

Un grito ensordecedor se desprendió de las bocas de todos aquellos adolescentes idénticos que multiplicaban la ira del demonio. Julia tuvo que taparse los oídos para resistir aquel estruendo. Una vez que bajó la intensidad del alarido, el demonio habló por boca de los chicos:

—Sígueme. Sé testigo de mi triunfo y de mi gloria.

Una mariposa negra se elevó de entre los muchachos y tras ella fue sólo uno. "Ese debe ser Nicolás" pensó la doctora dándose cuenta de que el ente había caído en la trampa y que la llevaría a un lugar donde podría encontrar a Santiago y al chico reunidos. Sonrió para sí: "Por algo estos entes son dignos seguidores de los ángeles caídos, su soberbia y vanidad siempre los pierden."

Caminaron por un entramado de escaleras que literalmente salían de las manos del maldito como telarañas, ascendiendo y descendiendo a su antojo, sin ningún fin aparente. Julia tuvo la sensación de llevar días andando. Sin embargo lo verdaderamente perturbador eran los gritos escondidos detrás de las puertas que ocasionalmente aparecían a su paso. Eran lamentos lastimeros a veces, gritos agudos y llenos de dolor otras tantas, y la mayoría, leves quejidos, tan apagados, que parecían salir de las bocas de moribundos eternos. Se estremeció un poco, lo suficiente para que el ente se percatara de que su espíritu se estaba debilitando.

Se detuvieron por fin frente a un salón que no poseía ningún mueble más que una silla. Con un gesto el ente le ordenó sentarse. Ella obedeció temiendo contradecirlo y de esta manera perder la única oportunidad. Él se paró a su lado:

—Observa.

Desde la oscuridad salió Santiago con las manos ensangrentadas y los ojos fuera de sí:

—Están muertos, todos, el abad, los monjes...
están muertos. Es mi culpa, yo los llevé a la boca del
lobo.

Dench quedó horrorizada al mirarle la cara, al
internarse en los ojos del ex monje y ser testigo de
cómo se repetía una y otra vez la escena de la supuesta muerte en la abadía. Santiago despertando al
verse inmerso en esa repetición, sintiendo ese dolor
ininterrumpidamente. Julia, sin poder soportarlo,
porque no sólo observaba aquello sino que también
lo sentía, cerró los ojos. Fue cuando escuchó la voz
de Nicolás al otro extremo de la habitación. El chico
estaba de rodillas al lado de un cadáver putrefacto al
que no podía soltarle la mano. Nico quería zafarse de
aquella presencia sin conseguirlo. Sus lágrimas eran
gruesas gotas de sangre que al caer sobre ese cuerpo inerte lo alimentaban haciendo que se hinchase
y adquiriera un color índigo repugnante. La cara de
terror del adolescente era tan desgarradora que Julia intentó levantarse de la silla para ayudarle. Fue
inútil, dos poderosas manos salieron del entarimado
del piso y le impidieron moverse. Su espíritu se llenó
de pronto de un desánimo desolador.

—Es el momento de elegir.

Y dos enormes mariposas negras salieron de su espalda para ir hasta donde Santiago y Nico se encontraban.

—Síganlas, si están listos… Vengan a mí y sean liberados de su tristeza, de su desesperación para siempre. Mis ojos sean los suyos, mis pensamientos su alimento, su cuerpo y su alma el elixir de mi vida eterna.

Los dos al unísono respondieron al llamado para seguir idiotizados esas mariposas que se agitaban de un lado a otro obligándolos a dar vueltas por el salón vacío.

—Mira, sé testigo, Julia, de mi poder. Puedo embelesarlos por horas, días, años, hasta que me plazca. Jugar con ellos como juego contigo y con el mundo. He ganado, han elegido seguirme.

El ente se deslizó como aire hasta llegar al otro extremo de la habitación donde de la pared emergió una puerta, la abrió y una luz mortecina inundó el lugar. Se acababa el tiempo, y ella sin fuerzas, arrastrada por la pesadumbre que ese ser le coló en su corazón, sin temple; lo peor, sin ganas de hacer algo para evitar todo aquello. En ese momento recordó las palabras del fraile franciscano: "Nunca olvides que estás en un sueño. Nada es real... *quien persigue quimeras no está en su sano juicio.* Invoca a los benditos, déjalos entrar y habitar tu voz... La fortaleza, Julia, es tu mayor arma." Tratando de recuperarse de la acedía que la carcomía por dentro, literalmente, pues observó cómo sus piernas se ennegrecían, recordó el mantra:

—*Militia est vita hominis super terras. Militia est vita hominis super terras.*

El demonio soltó una carcajada ensordecedora y con ella intentó opacar el sonido rítmico y acompasado de la frase liberadora. Pero Dench la repetía con mayor concentración, fuerza y voluntad, subiendo la voz cada vez más hasta dejar en segundo plano esa risa monstruosa. Entonces, él puso su pestilente mano sobre los labios de la doctora para callarla, pero fue inútil: la determinación de ella era total, al grado de que su voz perforó la palma de aquel ser demoníaco y siguió saliendo sin obstáculos para invadir el salón.

Mientras tanto las mariposas, que hasta entonces seguían el ex monje y el chico como una promesa para liberarlos de su angustia, cayeron inertes sobre el piso y se volvieron cenizas. El hijo de la acedía en vano intentó recuperar un poco de aquel polvo que se fue evaporando en un humo negro escurridizo y putrefacto, no hubo manera de volverlas a poner en el aire. Ante su impotencia, por no conseguir opacar el mantra, y su consternación, al percibir la fuerza de la palabra, el demonio, hijo de *Meririm,* montó en una cólera de dimensiones apocalípticas, hizo estremecer todo a su alrededor y se mostró ante Julia. Ella pudo ver su verdadero rostro, y al manifestarse como era, Santiago y Nicolás también lo reconocieron. Los tres quedaron mirando fijamente ese rostro que semejaba los de todo el mundo, pero que ahora ya no podría engañarlos. Era visible, pero aún no era nombrado, la partida no estaba decidida.

El ente encolerizado empezó a volverse un espeso humo que invadió en poco tiempo el salón. Los tres sintieron cómo sus gargantas se cerraban impidiéndoles respirar. Una tos persistente y agotadora obstaculizó cualquier movimiento. El primero en caer al suelo sin fuerzas fue Nicolás, Santiago intentó aproximarse para cubrirlo con su cuerpo y evitar la rápida asfixia. Arrastrándose apenas logró colocarse a su lado, pero una barrera de humo aún más denso lo detuvo. Julia en la silla, inmovilizada, con los ojos llorosos y la cara llena de tizne, casi enceguecida.

Muy lejos de esa realidad, los encargados de monitorear su estado, advirtieron preocupados el incremento de actividad en el estado REM. Los párpados se movían vertiginosamente, luego el sudor frío, la dificultad respiratoria. Julia era la que parecía estar en el peor trance, ya que para sorpresa de Carmen, el rostro de la doctora comenzó a ennegrecerse. El monje que cuidaba de Santiago rezó con más fuerza y al término de cada oración repetía el mantra numerosas veces. Alba con temor no dejaba de mirar las gráficas que arrojaba la maquina conectada al cerebro de Nicolás. Aún no llegaba al estado crítico pero se aproximaba. Sonó el teléfono:

—Alba, Julia luce muy mal. ¿Qué hago?

—Nada. Todavía nada, ella debe salir por su voluntad. Si la despiertas ahora no tendrá idea de dónde se encuentra y puede sufrir un colapso. Esperemos un poco más. Estoy analizando posibilidades.

Mas las posibilidades se acabaron para la doctora Dench: el sofoco le impidió pensar y sintió como desfallecía sobre la silla a la cual estaba atada ineludiblemente. Así es precisamente cuando ya no se espera nada, que llega la esperanza como un hilo de luz que ella vio entrelazarse por el espeso humo abriendo una pequeña burbuja que cubrió a Nicolás y a Santiago. Tratando de retirar la ceniza que empañaba su vista, Dench observó como esa luz cobraba forma. ¿Era el abuelo de Santiago? Esa otra figura femenina ¿la madre de Nicolás? Cómo saberlo, ella ya no tenía noción de nada. Y de pronto alguien la liberó de su asiento y Julia cayó al piso.

—Ahora tienes que nombrarlo.

Era la misma voz del sujeto de sus sueños.

—Pero no sé cual es su nombre. Tengo dos posibilidades, si fallo… No tengo la fuerza.

—La fuerza no hace ningún ruido. Está ahí y actúa. Sigue a tu corazón.

El sujeto de sus sueños la tomó de los hombros y la puso en pie. La tormenta de ceniza y humo se incrementó. Con dificultad se acercó a la burbuja de luz y pudo ver como se apagaban poco a poco las caras de Santiago y Nicolás, pero al mismo tiempo eran cubiertas por una sensación de paz. El abuelo y la madre los abrazaban afectivamente otorgándoles un último soplo de vida o "¡Llevándose su último soplo de vida!".

—Tienen que despertar –gritó–. Despierten.

Pero ellos en esa cápsula de luz y bienestar parecían aislados del resto. Haciendo un esfuerzo, el último, Julia tocó la esfera. Entonces el abuelo y la madre mostraron su verdadero rostro, eran él. No había duda, los ojos llenos de vacío y de cólera. Esta visión sacó del trance a Santiago que se apresuró a auxiliar a Nicolás. Luego los dos sorteando el torbellino negro que amenazaba con transformarse en un poderoso tornado, fueron hasta Julia para ayudarla a ponerse en pie. Ella sin fuerza alguna jaló a Santiago hasta su labios y le murmuró al oído un nombre, luego hizo lo mismo con Nicolás.

—Y ¿tú?

Preguntó el ex monje alarmado sabiendo que una vez que ellos lo nombraran estarían liberados, esa era la puerta por la cual saldrían. Pero ¿Julia?

—Háganlo ahora y despierten.

El tornado de cenizas y humo se acercaba amenazadoramente comiendo todo a su alrededor. Sin pensarlo más Santiago y Nicolás gritaron alzando la voz hasta el límite:

—¡Belphegor, postérgate! ¡Belphegor, muéstrate! ¡Belphegor, desaparece!

Se hizo un silencio inmediato y todo se detuvo. El humo atosigante se concentró en la bóveda del salón y se golpeó contra ella repetidas veces hasta caer dando la impresión de ser totalmente sólido. Ahí, algo semejante a una figura con características bestiales comenzó a convulsionarse lanzando alaridos aterradores. Luego, poco a poco ese humo se filtró por el piso y la habitación quedó limpia y clara. Dos puertas del salón se abrieron. Nicolás reconoció detrás de una a su madre y corrió hasta ella. Ésta con el rostro lleno de luz le acarició la cabeza como siempre y le extendió la mano. En el otro extremo los abuelos de Santiago lo abrazaron como cuando era un chico y lo invitaron a la luz.

La doctora Dench observó todo esto desde el rincón donde permanecía postrada y sin vigor alguno. Pese a ello su corazón se llenó de alegría y lloró. Las lágrimas limpiaron de sus ojos la ceniza acumulada durante el episodio. Trató de incorporarse, no pudo. La luz inundaba el salón, una sensación de paz sosegó su espíritu. Después se cerraron las dos puertas y ella quedó otra vez a oscuras.

17

Santiago despertó. El monje que lo cuidó durante el proceso comprendió de inmediato que había recuperado la paz en su corazón por la enorme sonrisa y la relajación de su rostro. Suspiró y se puso de pie. Nicolás, también, al abrir los ojos mostró un semblante lleno de luz y una sonrisa que no le cabía en la cara:

—Mi mamá ya no estará más detrás de la puerta.

Irene lo abrazó y no pudo contener el llanto. Alba complacida miraba la escena en un extremo de la habitación. El experimento de incubación de sueño resultó un éxito. La autosugestión es un buen elemento para la liberación de la psiquis. Quizá escribiera hasta un artículo especializado contando el caso: cómo la inducción onírica libera el espíritu, o algo así. Sonó su teléfono. Ella reconoció el número de Julia y se apresuró a contestar:

—Mi querida doctora, otro éxito más en su carrera contra lo extraño.

—Soy Carmen.

Notó la voz trémula de la asistente e intuyó que algo no andaba bien.

—Alba, Julia no despierta…

18

Llevaba dos día sin despertar. La trasladaron al hospital donde Alba hacía lo imposible para traerla de nuevo. Primero pensó que era un sueño producto del cansancio mental al que se había sometido al ser la soñante líder del experimento. Sin embargo ya pasaban las veinticuatro horas límite para ese tipo de recuperación mental. Por otra parte los signos vitales de Julia eran débiles, apenas había actividad en su cerebro. Lo que más le preocupaba era la posibilidad de que estuviera en coma.

Santiago llamaba con regularidad desde la abadía, ya que la orden lo había aceptado de nuevo, recordándole a la profesora que rezaban por ella día y noche. También estaban investigando otros medios para traerla de vuelta. Nicolás, por su parte, le pidió a su tía que le permitiera velar a la doctora y acompañarla en todo momento hasta que despertara. Porque tenía que hacerlo:

—Ella es fuerte, encontrará el camino.

Alba sonreía tratando de esconder su angustia, mientras Nico sostenía la mano de Julia con mucho cariño. Carmen, contrariada, repasó junto con la profesora una y otra vez los estados que la doctora atravesó mientras estaba dormida.

—Ella siempre tiene alternativas. Nunca va a ningún encuentro sin tener todo cubierto. Algo se nos está pasando.

Alba notó la tristeza enorme de la asistente que más que ayudanta era también una fiel amiga. Fue cuando reparó en el volumen que desde hacía un rato no dejaba de apretar con fuerza entre sus manos: *Tratado sobre los siete pecados mortales*.

—Carmen, creo que podemos intentar algo.

—¿Qué?

—Necesito que me prestes ese libro.

Mientras tanto en el interior de Dench, ahí donde la conciencia no tiene dominio absoluto de lo que somos o creemos ser, Julia permanecía sentada en una silla de frente a una puerta. A su alrededor sólo vacío y frío. La habitación no poseía ventanas y sobre los muros no había absolutamente nada. Ella de vez en vez se levantaba de su lugar y daba una vuelta por el cuarto. Tocaba las paredes. Se asomaba por la cerradura sin percibir nada del otro lado. Luego, abatida, incluso hasta cansada por ese mínimo esfuerzo, volvía a su lugar. A lo lejos oía una voz muy tenue que la llamaba por su nombre. Entonces con más desolación volvía a sentarse poniendo las manos sobre su regazo. Cerrando los ojos.

Alba un día después de que Carmen le diera el libro, se comunicó por teléfono con ella.

—Creo que sé como traerla de regreso.

—¿Cómo?

—Efectivamente, ella tenía todo cubierto. Aquí está señalada una alternativa, bueno la deduje entre líneas –sonrío de lado pensando que eso mismo habría dicho su amiga–. Necesito que me consigas un par de braceros, carbón y esto es lo más importante: ocote de encina.

—¿Entendí bien?, ¿qué el ocote no es un árbol y la encina otro?

—Búscalo. Algún tipo de injerto, qué se yo…

—Lo intentaré.

Cuando Julia volvió abrir los ojos seguía donde mismo. Le costaba trabajo pensar y buscar una solución. Conciencia tenía de su encierro, pero ninguna pista de cómo liberarse. La congoja se instaló con más determinación al pensar que, en el mejor de los casos, pasaría el resto de su vida ahí en ese cautiverio desolador, o la eternidad. Otra posibilidad: estaba muerta, y ese lugar era un limbo. Sí, ahí la acomodaron, ya que fue durante su vida muy escéptica. Aunque estaba siendo injusta, en realidad siempre fue una mujer de fe, y la fe no sólo es la que se profesa a una religión sino en general: al hombre, a la ética, a la moral, a uno mismo. Ella nunca dio por descartada ninguna posibilidad y creía con todo su corazón que existía dentro de sí una convicción poderosa que le hacía ver el mundo lleno de posibilidades, de soluciones aún en aquello que parecía no tenerlo.

—¿Ya dejaste de compadecerte?

Se sorprendió de ver al sujeto, su paciente otra vez de frente a ella. ¿De dónde salió? ¿Por qué no dejaba de importunarla? ¿Será su celador por la eternidad?

—Hoy no doy consulta y no estoy para recibirla.

—Fuiste muy sagaz con Belphegor. ¿Cómo supiste que era él y no otro de sus hermanos?

—No lo sabía. Tenía dos posibilidades. Estudié detenidamente y dos de los hijos de la Acedía actúan casi igual, me arriesgué con ese nombre. Fui muy atrevida, pudo salir todo mal. Tuve suerte. O quizá soy soberbia... ya me lo han dicho.

—¿Por eso no sales de aquí? ¿Tienes miedo de haber fallado? ¿De que Nicolás y Santiago sigan bajo el dominio de alguno de los demonios del medio día?

—Tal vez. Sólo espero que no estén detrás de una puerta como yo.

—Aquel que alcanza la victoria sobre otras personas es fuerte. El que se vence a sí mismo es poderoso. Julia... cada cual lleva su lucha personal, uno es un mediador.

—Un observador.

—Que a veces actúa.

—¿Cómo tú ahora?

—¿Por qué no te levantas, abres la puerta y te vas? Si no lo haces no sabrás si Santiago y Nicolás lograron salir de aquí.

—Por si no estás enterado está cerrada con llave.

En esos momentos comenzó a entrar por debajo de la puerta un humo aromático y tupido que amenazaba con sofocar la habitación.

—Lo que me faltaba, otra vez el espectáculo de humo y sonido. Cuándo va a parar de molestarme esa bestia.

—Hasta que tú quieras. Abre la puerta y sal.

—No tengo la llave.

—¿Estás segura?

—Sí –gritó con desesperación–. ¿Qué hago aquí detrás de esta puerta?

—Todos alguna vez en la vida están detrás de una. Lo importante no es sólo darse cuenta sino abrirla y cruzarla. Ver que hay ahí... dentro o fuera.

—Cuando tienes una llave...

—¿Estás segura de no tenerla?

Julia apretó las manos en señal de impotencia, le dieron ganas de levantarse y darle un bofetada a

ese impertinente ser que no la dejaba en paz. Fue cuando sintió un objeto en la mano derecha. Era una llave. Se sorprendió, dudó también, quizá era otro juego de Belphegor. Confundida miró al sujeto que le sonrió. Él le dio la espalda con intención de salir del cuarto que visiblemente se inundaba de humo. La doctora lo detuvo:

—¿Volveré a soñarte?

—Uno nunca sabe. Por ahora doy por terminada la consulta.

Y abandonó la habitación por la puerta cerrada. El vapor comenzó a ser insoportable, el lugar ahora estaba completamente lleno, no se podía respirar. Sin perder más tiempo se lanzó sobre la puerta e intentó poner la llave en la cerradura. Se resbaló de sus manos. Ahora el problema era localizarla en medio del compacto humo que atiborraba el espacio. A tientas dio con ella y haciendo un último esfuerzo logró abrir la puerta. Sacó la llave y la apretó con fuerza contra su pecho llena de una sensación de libertad. Una luz cegadora fue lo único que percibió del otro lado. Cerró los ojos ante tanta luminosidad.

—Parece que está dando resultado.

Carmen sujetó a Julia que se incorporó sobresaltada al no poder respirar. Tosió copiosamente. Alba se apresuró a abrir las ventanas. Nicolás apagó los braceros con suma rapidez. Le dieron un poco de agua y esperaron a que recobrase la compostura. Con una lamparita dirigida a las pupilas de Dench, la profesora comprobó si no había algún trastorno neurológico. Nada, su amiga estaba cansada pero en forma.

—¡Vaya susto nos has dado!

Comentó Carmen llena de emoción.

—Por lo que veo te encanta lo teatral. Mira que volver de ese modo.

Julia sonrió al escuchar el comentario de Alba:

—¿A qué huele?

—A ocote de encina.

—¿Y eso existe? ¿Ya le haces tú también al chamanismo?

Alba soltó una carcajada y sólo atinó decir:

—Yo… leí entre líneas.

Julia se recostó sobre la almohada algo ennegrecida por el humo. Se percató de que llevaba la mano derecha todavía cerrada. La abrió buscando la llave. Nada, sólo una pequeña marca enrojecida. Suspiró recuperando la esperanza y miró por la ventana. En lo alto había un sol estupendo, un cielo azul sin ninguna nube en el horizonte, y sí, quizá era medio día...